LA RENUNCIA INTERMINABLE

(Elegía para un indolente)

Juan Antonio Isla

La renuncia interminable

 ISBN: 9798668346172

Diseño de portada: Dersu Figueroa Zárate

Dibujo de portada: Román Miranda

Encargado de la publicación: Dersu Figueroa Zárate: dersu.figueroa@inteliprix.com

inteliPrix

A Gelos y Amalia, espléndidas frondas tutelares.

A mis nietos Regina, Javier y Mateo.

Índice

ADAGIO

Entre el desierto y el mar

El día que cayó de la escalera, su cuerpo fue sacado de la ambulancia y colocado en una fría plancha de acero. Antes de ser revisado, le quitaron toda la ropa. En uno de los bolsillos de su pantalón llevaba el pañuelo que le había bordado su hija con las iniciales OHP. Una de las enfermeras lo guardó en un cajoncillo y no le dio importancia hasta que se presentó el licenciado Elías Mercado, quien reclamó sus pertenencias. Sólo le dieron el pañuelo.

Muchos años después, su amigo Urbano había revisado los apuntes con los cuales intentaba reconstruir la historia. No había sido fácil armar el rompecabezas, pero había que empezar por una de sus piezas. Rehacer la vida de un hombre imperturbable, a tal grado que no se inmutó ni cuando leyó la noticia de su propia muerte, fue una labor nada sencilla.

Othón terminó de hacerse el nudo de la corbata. El cuello de la camisa estaba almidonado y brillaba de blanco. La corbata era roja y limpia, lisa, sin una arruga. Mientras se miraba al espejo dio dos leves cachetadas en sus mejillas con la colonia de azahares. Humedeció su pañuelo con la fragancia.

Othón Hoyos Pimentel se puso el saco del traje con el diseño gris a cuadros. Cada vez que se lo ponía se sentía por un instante como un regordete Príncipe de Gales. Seguía frente al reducido espejo del baño; era donde se podía mirar desde la cintura hacia arriba, hasta la cabeza. Prefería no usar el del vestidor, porque se veía de cuerpo entero y le molestaba que había ido subiendo de peso hasta quedar bastante ancho. Tampoco le preocupaba demasiado. Como atenuante, su traje cortado por un buen sastre caía perfecto sobre los zapatos bostonianos negros y brillantes.

No le atormentaba su sobrepeso, pero tampoco se solazaba mirando su obesidad en el espejo. Tomó su billetera de piel color vino tinto. La puso en la bolsa delantera del pantalón. Se miró de nuevo al espejo y se despidió de sí mismo con un gesto que era habitual en él: guiñando un ojo y haciendo una mueca con una sonrisa falsa.

Esa mañana se dirigió al banco del cual era gerente. Llegó más temprano que de costumbre. El portero le abrió apenas vio en la calle cómo se acercaba el voluminoso cuerpo de su jefe. Othón saludó, como siempre, amable y con esa sonrisa como mueca, que cambiaba al siguiente instante, volviendo sus labios a la posición normal. Así saludaba a casi toda la gente. Con los clientes su sonrisa parecía más auténtica y era franca ya entrado en la conversación. Abrió su privado y, luego de poner el seguro a la puerta, se sentó en el amplio sillón de piel. Cerró los ojos y viajó a sus recuerdos, muchos años atrás.

Se encontró con su hermano Calixto, en el ejido de Tastiota, entre las dunas del desierto y el mar. Su padre, un respetable banquero de Hermosillo, había hecho un contrato con los propietarios para usufructuar cientos de hectáreas que daban al mar. Eran tierras improductivas, bañadas por una brisa salada, largas extensiones de arena blanca y una cabaña donde vivían los hermanos durante las vacaciones, asistidos por una mujer y Severiano, su marido, quienes les procuraban limpieza y comida, y los cuidaban.

Había poco qué hacer en ese lugar de un paisaje inhóspito, donde el verde del mar se mezclaba con el desierto. El mar no tenía oleaje y era de un verde pálido. Su quietud semejaba la de un apacible estero. El padre soñaba con plantar vides que se regaran con la humedad de la brisa. Los hermanos lo intentaron, pero no pusieron esfuerzo en su empresa. Othón tenía catorce años y Calixto doce cuando conocieron la cabaña del ejido de Tastiota. Severiano era el ayudante que había recibido la planta para los primeros cultivos. Él hacía prácticamente todo el trabajo. Con la pala abría la tierra y plantaba las varas casi secas. Mientras tanto, los niños jugaban a esconderse entre la arena. Era una manera de negarse a cumplir con sus responsabilidades.

La rutina

Othón abrió los ojos cuando su secretaria tocó la puerta. Antes de abrirla fue al espejo y peinó su pelo corto, negro, delgado y lacio. Era una manía peinarse porque ni falta hacía. Volvió a acomodarse la corbata y suspiró hondo. "Un nuevo día para hacer o dejar de hacer lo que todos los días", pensó, mientras veía la cara de Nati con sus lentes de fondo de botella, sus cuarenta años al servicio del banco, sin haber faltado nunca, sin saber lo que era ausentarse por enfermedad.

—¡Hola, Nati! Buenos días. ¿Qué tenemos para hoy? —preguntó Othón como de costumbre en tanto ella avanzaba para sentarse frente al escritorio del gerente.

—A las diez, la redacción de la convocatoria para la próxima asamblea del Consejo de Administración; a las once recibe al ingeniero Montemayor, que viene a solicitar un crédito de avío; a las doce, su almuerzo; a las doce y media atiende al contador Rivera, que tiene varios días esperando que lo reciba, y a la una tiene cita en la Tesorería de Gobierno con el director de Ingresos, para tratar la renovación de la cartera con el Poder Ejecutivo. Cuando regrese, prepara su clase de hoy en la Universidad.

Mientras hablaba Nati, quien constantemente se subía los lentes, que resbalaban por su nariz, Othón mantuvo los ojos cerrados, haciendo distintas muecas con los labios y las manos entrelazadas sobre su vientre, moviendo los pulgares en círculo.

—Gracias, Nati, déjeme una copia de la agenda sobre mi escritorio. Voy a la oficina en unos minutos. Me prepara un café en cuanto llegue a mi asiento.

Othón no cumplía aún los treinta años y ya era gerente de la sucursal Bajío del Banco Nacional. Antes lo había sido de una sucursal en la ciudad de México. Cerró de nuevo la puerta, con seguro. Se apoltronó en su sillón de piel. En ese privado almorzaba, recibía a los clientes importantes, descansaba y soñaba, recordaba y no hacía planes; oía música clásica con el volumen bajo, para que el personal del banco no murmurara sobre sus tiempos muertos. Ponía su mirada en el techo, un cielo raso de color azul claro, con algunas ridículas nubecitas como esparcidas en un marco con molduras de estuco pintadas con hoja de oro.

Por unos minutos quiso volver a Tastiota. Había sido interrumpido por la secretaria justo cuando recordaba que él y su hermano trataban de no morirse de aburrición en ese lugar solitario, ajeno a la civilización, donde la brisa se moría a unos metros de la playa, detenida por el calor.

Othón cumplió con su rutina. Atendió su agenda como todo un profesional, con la práctica y serenidad que daba el conocimiento de lo que se hace en un sitio tan especializado pero tan habitual para él. Dictó a Nati los términos de la convocatoria y la orden del día para la asamblea del Consejo de Administración; recibió a un agrónomo y puso sus condiciones para otorgar un préstamo; desayunó un par de huevos cocidos, a los que puso un poco de sal y se quedó con hambre; no recibió al contador del banco porque siempre le llevaba temas que juzgaba insoportables. Se encaminó al Palacio de Gobierno y consiguió la renovación de la cartera del Ejecutivo con el banco que él representaba. No preparó su clase porque era un tema que dominaba ampliamente.

Regresó al sillón donde se atiende a los clientes, bostezó haciendo un poco de ruido al soltar el aire. Nati le preguntó si había algún pendiente y Othón regresó a la realidad. Había entrecerrado los ojos para volver por unos minutos a los tiempos en que vacacionaba con su hermano en un lugar que les aburría estúpidamente.

Por suerte siempre inventaban un juego entre ellos. Othón era más vivaz e imaginativo pero más serio que Calixto, quien siempre estaba haciendo bromas, burlas inocentes, juegos de palabras. Pasaban el tiempo lejos de la cabaña hasta que les ganaba el hambre. Se quedaban mirando el cielo por horas. Hasta que un día regresaron con las huellas de una severa insolación, con las caras y los brazos rojos. Al cabo de unas horas tenían ámpulas en las partes quemadas. No volvieron a quedarse dormidos con el sol de frente. Construyeron con algunos carrizos una techumbre que voló con el primer ventarrón. Entonces se quedaron dentro de la cabaña y consiguieron un tocadiscos en el que Othón escuchaba acetatos con música sinfónica. Calixto se burlaba del hermano por su afición "tan fuera de lugar".

Nati volvió a interrumpir sus recuerdos y le dijo que no se le olvidara su clase de esa tarde en la Universidad.

—Hoy no lo he visto sacar su libro, licenciado —dijo la secretaria que también era rutinaria y reiterativa.

—No es necesario. La clase de hoy la conozco de memoria —dijo Othón, preparando su portafolios y despidiéndose de su secretaria y del personal que aún quedaba en las oficinas del banco. Su portafolios era una rojiza valija florentina que había comprado en uno de sus viajes a Europa.

Othón había estudiado Economía en el Tecnológico de Monterrey, un poco a instancias de su padre y otro tanto porque tenía una gran facilidad para comprender la materia.

En su estancia en el Tecnológico apenas abría los libros. Su retentiva era sobresaliente y además entendía claramente la teoría y los números. En los exámenes de coeficiente intelectual y sicométrico sus resultados habían sido de excelencia. Su hermano estudió ingeniería industrial en Guadalajara. Cuando decidieron cursar los estudios profesionales, sus vidas, que habían sido paralelas y con una comunicación intensa y armónica durante la adolescencia, se apartaron de manera definitiva. Nunca más se volvieron a ver, salvo en la boda de Othón. El destino los separó como la intersección de dos vías, como la enigmática bifurcación de dos senderos, como una división imperceptible pero categórica. Después de muchos años alguien interrogó a Calixto si sabía algo de su hermano y sólo se encogió de hombros.

Su anchurosa figura destacaba al caminar por la banqueta, antes de llegar al viejo edificio universitario. Sólo cabía él en la angosta banqueta. La gente que se cruzaba frente a Othón tenía que bajar al arroyo. Eso, más que incomodarlo, le divertía. Luego caminaba hasta el salón de clases. Algunos de los alumnos ya estaban en el aula. Otros corrían presurosos apenas lo veían. El maestro de Economía I no dejaba entrar a nadie después de él, así que permanecía unos breves minutos en la puerta para que terminaran de entrar los alumnos.

Daba su clase de pie, frente al pizarrón. Le fastidiaba hablar de Adam Smith y su reprobación a la injerencia del Estado. Prefería citar a Norberto Bobbio para explicar de otra manera los límites al poder que los liberales proponían.

Explicaba con suma facilidad, con cierto desgano, como quien recita de memoria una teoría, de corrido, sin interrupciones. No pretendía convencer sino simplemente exponer. Los discípulos lo admiraban pero no lo querían. Lo respetaban pero no establecían ninguna relación de empatía. Casi no se atrevían a preguntar. Era un monólogo dogmático, un soliloquio mecánico, memorioso pero impensado, espontáneo y sin admitir réplica. Ciertos estudiantes, ante la abrumadora teoría, preferían hacer caricaturas sobre la obesidad del maestro. Un día se encontró con una caricatura suya en el pizarrón. Era una caja de muerto con una media luna en el centro que semejaba su panza. No se inmutó. Borró con calma el dibujo provocador. Volteó a ver a los alumnos con su típica media sonrisa y comenzó a dar su clase. De un hilo y sin lugar a aclaraciones ni preguntas.

Al término de su primera hora de clase se quedaba para dar Economía II. Se sentaba en una banca y prendía un largo cigarro blanco importado.

Era más temido que estimado. Los alumnos preferían a un buen maestro que a un amigo. Aunque aparentaba ser exigente y malhumorado, podía ser condescendiente. Él prefería más a los alumnos aplicados que a los lambiscones. Además, su actitud fría y poco comunicativa no facilitaba el acceso a nadie. Sólo cruzaba palabras con otro maestro, Elías Ortega, quien impartía la materia de Administración de Empresas y a la postre sería un personaje definitivo en la biografía de Othón. Algunas veces ambos tomaron té en el café de *Brandy*. Elías reconocía el talento de Othón, su formación sólida y la disciplina para dar sus clases; el rigor con el que compartía sus conocimientos, aunque eso les tenía sin cuidado a los alumnos. Elías compartía con su colega el gusto por los Beatles, y llegaron a intercambiar acetatos. Muchos años después, Elías se convertiría en una pieza importante para terminar de armar el rompecabezas de la historia de un hombre poco ordinario.

Sus clases eran dos veces a la semana. Cuando salía de la Universidad subía a su carro, mediano de tamaño y precio, nada ostentoso pero digno, limpio, impecable, siempre perfectamente lavado. Cuando no ponía un casete de música clásica, encendía la radio y no tenía necesidad de sintonizarlo: oía la misma estación de música sinfónica y apenas disfrutaba el atardecer, la entrada de la noche, solitario, pensando sólo en el momento, sin sed, sin hambre, sin cansancio. Sus movimientos eran automáticos pero calmosos. Nunca tenía prisa y pocas veces veía el reloj, salvo cuando tenía algún compromiso o para llegar a tiempo a sus clases, o para darlas por concluidas.

Daba un paseo por la ciudad y se dirigía a su departamento. Subía las escaleras de tres pisos. Esas que tanto le molestaban a su esposa Beatriz cuando llegaron a la ciudad. Llegaba agitado pero satisfecho por creer que era suficiente ese ejercicio. Se quitaba la corbata, el saco; ponía un disco de música "culta" y se iba a sentar a un sillón. Cerraba los ojos, desataba las agujetas y ponía los pies sobre un taburete. Todos sus movimientos eran regularmente los mismos. No los razonaba pero los repetía. Eran hábitos sin ensayo, ejercicios sistemáticos, sin pretender en ningún momento que fueran rituales. Sólo repetía una rutina.

Se quedaba dormido con la música, y el disco giraba con la aguja en el surco final por minutos y horas. En la madrugada se quitaba la ropa y la ponía en un perchero. Se quedaba en camiseta sin manga y calzoncillos. Durante la noche solía ir una o dos veces a orinar pero se dormía de inmediato al volver a la cama. Al día siguiente iba a la cocina, exprimía dos naranjas y tomaba el jugo, preparaba un expreso en cafetera italiana y encendía el radio, siempre en la misma frecuencia, siempre con el mismo volumen.

No obstante su peso, Othón era frugal. Cualquiera pensaría que devoraba a toda hora o que era un glotón insaciable. Nada de eso. Siempre un desayuno austero.

Iba al clóset, escogía el traje y la corbata que se pondría, se daba una ducha y, al salir, pasaba por su barba una máquina eléctrica. Los mismos movimientos se repetían cotidianamente. Era un metódico sin proponérselo, un perfeccionista sin pretenderlo. Sutil y cansino.

Anudó su corbata. Peinó su pelo lacio y oscuro. Tomó el medicamento para mantener controlados sus niveles de azúcar. Bajó las escaleras con calma. Vio el reloj y subió al auto. Mientras manejaba con rumbo a la oficina pensó: "Otro día para hacer lo mismo que ayer y lo mismo que mañana". El único plan que cruzaba por su mente no era una vacación, comer con su hija, comprar el más reciente disco de la Filarmónica de Viena, sino pensarse haciendo nada, absolutamente nada, cuando terminara esa jornada, esa soportable rutina.

El compromiso

En el tiempo que Othón fue gerente del banco y maestro universitario sólo tenía clientes y alumnos. No tenía amigos ni frecuentaba alguna cafetería o bar. Sólo de vez en cuando, al salir de su segunda clase, entraba a una cafetería cerca de la Universidad. Pedía un té y escuchaba la música de los Beatles, cuyos discos eran los únicos que tenía el encargado del café, casi siempre vacío. "Ya han pasado de moda pero son unos clásicos", decía el viejo, que no usaba dentadura y hablaba como silbando.

El economista prendía uno de sus cigarros largos y echaba el humo de la boca a la nariz. Estaba ahí una hora como máximo y evitaba el diálogo con algunos alumnos que llegaban. Sólo conversaba, eventualmente, con el licenciado Elías Ortega, maestro universitario, con quien compartía su afición a los Beatles. Pagaba y se despedía amablemente del encargado, un hombre de estatura muy baja, casi como enano, a quien todos conocían como Brandy, y quien, invariable e infructuosamente, trataba de establecer alguna conversación con el maestro. Así que cuando se asomaba, el único diálogo era el siguiente:

—Licenciado, buenas tardes. ¿Su té de manzanilla?

—Sí, gracias, Brandy —contestaba Othón, sentándose en el mismo rincón de siempre.

El hombre bajito preparaba el té y lo llevaba. Sabía que el maestro tomaba la infusión como pretexto para ir a escuchar a los Beatles, por lo que subía un poco el volumen del tocadiscos. De manera infalible, Brandy le preguntaba:

—¿Desea jugar una partida de ajedrez? —Ya sabía cuál era la respuesta, pero era parte de la rutina.

—No, por ahora. Gracias, Brandy —decía Othón, y miraba las mesas con tableros y piezas de ajedrez y las sillas vacías. —Prefiero descansar; con el ajedrez trabaja la mente.

Cuando no lo acompañaba su colega Elías Ortega, solitario y consciente, daba dos sorbos a su té y cerraba los ojos para escuchar las canciones de Lennon y McCartney. Al cabo de una hora, dejaba el pago de la bebida y la misma propina de siempre. Brandy iba presuroso a recoger el dinero antes de que algún estudiante se lo apropiara. Ya le había pasado. Brandy no tenía dientes, aunque no era viejo. Sencillamente había decidido vivir sin dentadura. Sonreía como un duende alegre cada vez que tomaba el dinero, pensando en anticiparse a algún preparatoriano abusivo.

Othón subía a su carro. Daba una vuelta por el centro de la ciudad. Solo, acompañado de las notas que salían de la radio, pensando un poco en el presente, sin ocuparse del mañana. Para quienes lo conocían un poco no dejaba de ser extraña su vida y su conducta hasta cierto punto antisocial. Se preguntaban qué habría pasado años atrás. ¿Qué conflictos y miedos tendría un hombre que no cruzaba aún los treinta años de edad y cargaba con más de ciento treinta kilos de peso.

Fue esta época en la que se acentuó su carácter huraño, desconfiado, reiterativo en sus movimientos y aficiones, responsable y cumplido pero con un dejo de indolencia. Fue en ese tiempo que sus recuerdos iban hasta los días de tedio en Tastiota, cuando con su hermano huían de las labores del campo y jugaban a hacer marcas con varas en las dunas, a chapotear en la playa frente a un mar frío y verde, como enlamado. Poco se acordaba de cuando regresó de estudiar en Monterrey y ocupó su primer trabajo en Hermosillo, de cuando se casó con Beatriz, más por sus propios planes que por las presiones de la familia paterna, porque lo veían rodeado de amigos que desde lejos se percibían homosexuales.

—¡Othón, ya deja a esa bola de putitos que se juntan en la estación del tren para beber y mariconear! —decía su padre, que era un hombre convencional, conservador, chapado a la antigua, macho de corazón, banquero de profesión.

—¡Papá, no jodas! ¿Cuáles putitos? —dijo envalentonado el recién egresado del ITESM. Son mis amigos y no los voy a dejar. Ningún putito. Son los amigos de mi infancia y ahora que he regresado los he recuperado.

—Me han dicho que se la pasan manoseándose y hasta se han llegado a besar delante de la gente que pasa. Me dicen que tú no estás entre los que se besuquean pero, como decía tu abuelo: "el que anda cerca de la caca, de caca se salpica".

Othón toleraba muy poco esos diálogos con el padre. Eran tensos y agresivos. Él ya se sabía mayor de edad, profesionista y no iba a aceptar tan fácilmente que le dijeran qué hacer y con quién reunirse y con quién no. Así que, de un día para otro, detuvo rumores y reclamos.

Beatriz era hermana de su gran amigo Roberto. Empezó a salir con ella pero con una idea preconcebida. A las tres semanas de frecuentarla ya le había ofrecido matrimonio y hecho planes para viajar a la capital del país, donde le ofrecían un puesto de gerente de una sucursal bancaria. El anuncio de la boda colmó de felicidad a todos… menos a él, aunque Beatriz era una morena simpática, risueña y cariñosa… muy cariñosa. Tenía un cuerpo bien torneado, un busto de regular tamaño y caderas amplias, lo cual hacía que los jóvenes del barrio la miraran con deseo. Othón pensó que no estaba dispuesto a hacer de su plan de vida un martirio, de tal modo que iría al altar sin convicción pero sin pensar que podría ser un sacrificio oneroso.

Su amigo Roberto había sido el primer sorprendido cuando Othón llegó a su casa e inició con Beatriz una conversación que se prolongó hasta la media noche. Al día siguiente lo increpó:

—No creo que te vayas a casar con mi hermana, maldito, —dijo Roberto entre asombro y reclamo, medio en broma, medio encabronado— si todo mundo sabe que tuviste novio en Monterrey y te pasas cachondeando a Enrique, en la máquina del ferrocarril. Hasta los han sorprendido tragándose tu semen.

—¿Cómo te atreves, Roberto? —Tomó suavemente a su amigo del cuello y le susurró al oído: —Te ruego que no vayas a decir nada. Estoy enamorado de Beatriz y quiero demostrarle a mi padre que soy "hetero".

—¡Pero te vas a casar por complacer a tu padre —dijo Roberto alzando la voz— y luego vas a dejar a mi hermana vestida y alborotada, todo por ocultar que eres homosexual!

—Nada de eso… La quiero y quiero tener un hijo con ella. Y quiero que sea mi compañera, porque me voy a vivir al Distrito Federal. Me hace reír y también me excita cuando mete su lengua detrás de mis oídos. —Miró los ojos asombrados de su amigo y pidió disculpas por la última frase.

—Othón, te advierto que si usas a mi hermana de parapeto para ocultar tu homosexualidad la vas a pagar muy caro. Voy hasta donde sea para ajustar cuentas.

—¡Robeeeerto! ¿Qué estás diciendo, amigo?

A Othón no le quedaba más que exagerar. Ahora tendría mucho cuidado en representar bien su papel. No podía equivocarse… No podía olvidar su parlamento. Su actuación debía ser de tal modo convincente que él mismo tenía que terminar creyéndola.

El día de la boda se les vio felices a todos. A don Gaspar Hoyos y su esposa Magda Pimentel, a sus hijos Othón y Calixto, a toda la familia de Beatriz, quien esa noche quedó virgen, y hasta el día siguiente, luego de trabajos forzados, por fin logró que el novio llegara a su objetivo. Ese fue el presagio de que la relación iba a tener sus complicaciones. Ella dejó de pensar en las dificultades del coito, disfrutó la tornaboda, revisó los numerosos regalos y bebió más champaña que la noche de la boda. Othón parecía como asustado, un tanto nervioso. Su actitud despertó sospechas. Era obvio que desempeñaba un papel y trataba de hacerlo bien. En el fondo todo era una treta, un juego del cual sólo él sabía las reglas.

En esa época todavía tenía un peso normal. Meses más tarde, empezó a engordar de manera gradual e inexplicable. Bailaron y en la noche volvieron a hacer el amor. Esta vez sin necesidad de hacer grandes esfuerzos. Como si la noche anterior hubiera sido parte de un ejercicio sensual, de una práctica que, luego del escarceo y las risas, desembocara en el amor, en la cálida fusión de los cuerpos, el acoplamiento instintivo de la pareja, el estallido de la cópula y hasta probar un sorbo de pasión.

Después de esa segunda experiencia amorosa, Othón fue perdiendo interés en el encuentro. No fue súbito el desencanto. Siempre había una razón para justificar las reacciones lentas, las sensaciones muertas. Eso fue en un principio. Luego se hizo una lucha frecuente que siguió hasta el embarazo de Beatriz y la absorbente vida cotidiana en la capital, donde Othón había tomado posesión como gerente de una importante sucursal del mismo banco del que su padre era socio.

La indolencia

La oficina de Othón en la sucursal bancaria de la Ciudad de México estaba en el tercer piso de un edificio que tenía vista a la calle de Juárez y a la Alameda. El gerente podía darse el lujo de quedarse minutos, y a veces horas completas mirando el movimiento de la gente, los autos, el agua que brotaba de una fuente, el avión que sobrevolaba la ciudad esperando que le dieran pista en el aeropuerto. Todo le llamaba la atención pero no podía concentrarse plenamente en su trabajo. Aun así cumplía con las metas establecidas por la dirección general, y pudo conocer a algunos clientes con recursos: ganaderos de Chihuahua, mineros de Saltillo o adinerados comerciantes del mercado de La Merced.

La relación con ellos se limitaba al ámbito profesional. Othón era un buen consejero en el tema de las inversiones. Dominaba el asunto. Tenía una enorme facilidad para comprender el complejo mundo de las finanzas. Le bastaba hojear cada mañana el periódico en la sección de economía para tener una idea del comportamiento de la rentabilidad y los futuros del dinero.

Pero más de una vez aceptó una comida con uno de esos clientes. Nunca más de un aperitivo y al final un digestivo. Se iba a su departamento. Beatriz lo esperaba afectuosa. Ella siempre tenía cosas que hacer. Tomaba café en Woolworth y curioseaba por las tiendas en la zona de la colonia Roma, donde habían ocupado un apartamento amueblado. Cuando Othón llegaba, su mujer lo aguardaba con una sonrisa, con una conversación amable, hasta con una caricia en la cabeza. En algún momento ella se embarazó. Durante la gestación,

Beatriz salía poco, leía novelas y periódicos, veía la televisión, hojeaba revistas. Había estudiado Comercio pero le gustaba estar informada y el ajetreo de la ciudad la mareaba un poco.

Othón se encerraba, rodeado de libreros y de discos de acetato, en un cuarto pequeño que servía de estudio. Ahí pasaba horas oyendo coros gregorianos hasta que Beatriz lo traía de nuevo al mundo. Le preguntaba si quería algo de merendar. Él salía de su madriguera, decía unas palabras mientras cortaba un pedazo de pan al que le untaba queso crema y bebía un vaso de leche.

¿En qué momento empezó a subir de peso? Fue como si lo hubieran insuflado artificialmente, pero tampoco le importó demasiado. Su inapetencia era notoria y por ello el aumento de su peso llamaba la atención. No había correspondencia entre su desgano y la gran masa que empezó a rodear su cintura. Aun así, jamás se subió a una báscula… ni cuando iba al médico a consulta de rutina. Eso sí, sus análisis químicos revelaron que tenía altos niveles de azúcar, no así de triglicéridos y colesterol, que era lo que más desconcertaba.

Beatriz le preguntaba sobre su trabajo, sobre sus lecturas y sobre la música que escuchaba. Othón contestaba con apatía, con desgano, a veces sólo con monosílabos. Ella lo quería en verdad. Le parecía un hombre atractivo por sus movimientos tan cuidados, parsimoniosos, como si celebrara una liturgia de manera natural y espontánea. Aceptaba sus largos silencios, su apatía para resolver pequeños detalles domésticos, para contestar a los comentarios que ella le hacía sobre su familia, sobre sus padres, que le llamaban a diario desde Hermosillo. A ella todo le parecía normal, hasta la desidia del marido, que sólo estaba ensimismado, atrapado en su propio mundo.

El impulso homosexual de Othón reapareció después de una cena con un ganadero de Chihuahua que lo invitó a cenar. Contra la costumbre de Othón, a quien no le gustaba cenar fuera de casa, en esta ocasión no pudo negarse, porque su cliente le ofrecía un interesante negocio. Cenaron en un restaurante japonés en el sur de la ciudad. El millonario, que se llamaba Cupertino, pagó la cuenta y le invitó una copa en su departamento. Othón en un principio no aceptó la invitación, pero una sensación de curiosidad lasciva lo debilitó. Además Cupertino no era un ganadero vulgar: había heredado miles de cabezas de ganado pero estudió en una universidad norteamericana y, al igual que el banquero, era amante de la música clásica. Así que los unió la común afición por Wagner y su crítica a ciertas composiciones modernistas.

El departamento de Cupertino era un lujoso penthouse en el sur de la ciudad. De un lado podían ver el Ajusco y del otro el manto inmenso de luces coloridas y temblorosas que rodeaba a la gran metrópoli. Hasta entonces Othón había estado tranquilo. Cuando menos eso aparentaba. En el fondo no dejaba de pensar en su inclinación hacia los hombres, pero tampoco era su obsesión. En realidad era difícil sondear qué clase de fascinación lo podría turbar hasta inmovilizarlo.

Marcó a Beatriz, quien no contestó a la primera. Insistió. Estaba adormilada. Sus cuatro meses de embarazo le provocaban cierto cansancio.

—Betty, cariño… voy a llegar un poco tarde. Se prolongó la reunión con el Consejo y luego venimos a cenar —guiñó un ojo a Cupertino, quien estaba sirviendo una copa de Johnny Walker etiqueta azul.

—No te preocupes, mi gordito. Acá nos vemos cuando termines.

Para entonces Othón ya sabía que Cupertino era soltero y vivía solo en ese suntuoso apartamento. A sus treinta y dos años era raro que no tuviera pareja. Othón prefería no hacer muchas preguntas y se dejó llevar. El millonario puso un disco con *El Mesías* de Haendel y escogió un sillón para recostarse, luego de quitarse los zapatos. Othón hizo lo mismo en un mueble, a unos metros de distancia. Ambos cerraron los ojos. Sólo los abrieron para servirse hielos y whiskey. Se transportaron a otro mundo. Cuando terminaron de oír la melodía se sirvieron otro trago más y se acercaron. Quedaron cara a cara, oyendo su respiración, oliendo su aliento. Cupertino nunca habló de los negocios que decía iba a comentar con el banquero.

Los encuentros se repitieron con mayor frecuencia. Iba en aumento la protuberancia de Beatriz y se fue acostumbrando a que Othón llegara tarde. A ella también le llegó un golpe de indiferencia, que sólo se interrumpía con el chispazo de entusiasmo que le provocaba el advenimiento de su criatura.

Frente al espejo

Algunos años más tarde, Othón llenó un formato que le pasó la asistente de la secretaria de un médico psiquiatra al que había ido a consultar, aun cuando no tenía muchas razones evidentes para hacerlo. No sentía ningún sentimiento ni malestar emocional que lo justificara. Simplemente, le asaltaba cierta inquietud por el hecho de estar complacido de no hacer nada. Por un momento pensó que eso no era normal. El ocio era una situación momentánea pero quiso ver al especialista para que le ayudara a hacer su retrato, un diagnóstico sobre lo que para otros era anormal y para él absolutamente común y corriente, casi estereotipado, nada del otro mundo.

Escribió: "edad, 36 años; complexión, robusta (135 kilos); estatura: un metro, ochenta centímetros; tez: morena clara; labios: delgados; pelo: negro, sin cicatrices ni marca visible alguna en la cara ni el cuerpo". Cuando leyó que debía llenar ese dato, pensó que en algún momento había querido hacerse un tatuaje con una libélula: "Yo creo que mejor no, porque me voy a ver muy puto, aunque me lo puedo poner en una nalga o en un muslo".

El médico revisó el formato mientras veía el rostro de Othón. Luego lo invitó a pasar a una salita con un sofá a donde lo invitó a ponerse cómodo. Y aunque el mueble no era precisamente un diván pensó: "Eso del diván creí que era una leyenda. Es ridículo que sigan usando ese cliché, pero cuál otro podrían usar", pensó, mientras pedía al médico que le permitiera permanecer sentado.

Fue un fracaso esa primera sesión, y la segunda también. Había muy poco que aportar. El paciente se quedaba mudo por largos minutos y, cuando el psiquiatra interrogaba, Othón contestaba con monosílabos, aunque le preguntara otra cosa, que merecía más que eso. Le preguntó por ejemplo:

—¿Dónde vive usted, Othón?

—Sí —contestó el paciente; el médico se ruborizó un poco.

Pocas veces el médico había encontrado un paciente tan reacio, tan resistente, no ya a confiarle algún problema, algún sueño, alguna preocupación, sino a explorarse un poco más en su interior y autodefinirse.

El doctor, al final, optó por recomendarle un trabajo para que no se sintiera atraído por la depresión y lo invitó a ponerse frente al espejo.

Subiendo de peso

A Othón le costaba trabajo disimular su desgano. No le importaba ni su trabajo rutinario, ni el inminente arribo de su hija (determinado su sexo por el estudio de imagen que la ginecóloga recomendó a Beatriz), ni el acercamiento con Cupertino, quien encontraba cualquier pretexto para ir al banco a buscarlo. Empezaba a sentir su acoso.

En su privado del tercer piso (siempre el tercer piso) del edificio donde despachaba, miraba sin interés el transcurrir de la mañana soleada, el movimiento de la gente abajo, como en cámara lenta; las nubes gordas que tomaban diversas formas hasta desvanecerse; las ramas de los árboles sacudidas suavemente por el viento. Ahí le nació el hábito de encerrarse a recordar cuando jugaba entre las dunas con su hermano Calixto y plantaban las crías de vides entre la tierra caliza. En el fondo la música de los cantos gregorianos ponía un tono etéreo y místico a la nostalgia.

En una de estas reclusiones laborales, que sus colaboradores ya consideraban normales, recibió una llamada del director general del banco. Lo citaba para el día siguiente. Othón no se inmutó. Tomó la convocatoria con pereza, sin concederle ninguna importancia, sin especular en lo más mínimo sobre la razón de la invitación del más alto funcionario del banco. Ni siquiera se imaginaba que una razón podía ser que hubiera trascendido su amorío con un cliente importante. Dejó su mente en blanco; no había sentimiento que le preocupara, ni tema alguno que interrumpiera su inveterada calma. Parecía un ancho maniquí desprovisto de espíritu, un monigote sin voluntad. Él mismo se imaginaba como un tronco avanzando por el riachuelo que desembocaba en el mar. Pensó en eso, y si acaso hizo un gesto con la media sonrisa con la que gustaba retratarse en el espejo.

Esa noche durmió profundo, y sólo el despertador le recordó que apenas tenía tiempo de afeitarse, escoger la corbata, exprimir dos naranjas y despedirse de Beatriz, que seguía durmiendo. Tomó su portafolios florentino, subió a su auto y se encaminó a la oficina del director general. El portero le hizo firmar una libreta de control. Ocultó su contrariedad y hasta simuló esa media sonrisa muy suya. Cruzó los amplios pasillos de mármol hasta donde estaba la secretaria del director. La saludó y le extendió su tarjeta de presentación. Ella se quedó un momento viendo el brillo de su corbata roja de seda.

—Lo anuncio, licenciado, ya lo esperábamos. Permítame un momento. —Hasta ese momento Othón sintió una extraña pulsación.

La secretaria no tardó ni treinta segundos, y lo hizo pasar. El director, un hombre regordete como él, se puso de pie y le dio la mano, que apretó levemente. Othón correspondió además con una suave palmada en el brazo izquierdo del hombre que tenía enfrente y que ya conocía cuando llegó a incorporarse a la institución y en las reuniones mensuales del Consejo. De hecho, él fue quien le dio la bienvenida y lo había invitado a comer en un restaurante cerca de las oficinas.

—Don Othón… espero que su experiencia de trabajar en la capital esté siendo de su agrado —dijo, invitándolo a tomar asiento en un sofá de la espaciosa oficina, con una gran alfombra persa y esculturas orientales de mediana calidad y mal gusto.

Othón volvió a sentir apenas una palpitación ante la duda, la curiosidad por saber qué anuncio o mensaje le daría su jefe. El latido fue interrumpido por la voz del director que antes de hablar se llevó los dedos a la lengua para quitar pedacitos de tabaco del habano que tenía apagado en la mano.

—Hemos estado analizando su desempeño en la gerencia de la sucursal que está manejando. Los reportes que tenemos son que en estos meses no sólo ha mantenido excelente relación con nuestros principales clientes y socios, sino que los ha incrementado. —Othón sintió un respiro. —Quiero ofrecerle —continuó el hombre, encendiendo de nuevo su puro— la gerencia de nuestra sucursal en Querétaro, la más importante del Bajío. Actualmente los números no nos favorecen y queremos inyectarle un nuevo impulso. Además, le daremos un sobresueldo y aumentaremos su periodo vacacional. No me dé una respuesta ahora. Piénselo, y me llama directamente para conocer su decisión.

Othón no esperaba estas palabras, pero tampoco se conmovió. Conversaron sobre otros temas. El director hablaba más de política que de finanzas, mientras Othón lo escuchaba sin atención, aprovechando el soliloquio de su interlocutor, un cincuentón con chaleco blanco y moño verde intenso, para pensar rápidamente sobre el cambio propuesto. Antes de despedirse ya tenía la respuesta. Era la oportunidad de quitarse de encima la presión de Cupertino, que cada vez se volvía más pegajoso. No le disgustaba su amistad pero sí le incomodaba su posesividad, su necesidad ansiosa de tener relaciones sexuales, su acoso cotidiano.

—No es necesario esperar. Le agradezco su confianza. En el momento que me diga, informo a mi esposa, organizo mis cosas y busco un lugar en aquella ciudad —dijo Othón, seguro, poniéndose de pie para, por su parte, dar por terminada la entrevista.

—Me da mucho gusto —dijo el director, poniendo su puro en un cenicero de cristal de Murano— y no se preocupe por rentar apartamento. El banco tiene varias opciones de inmuebles que son de su propiedad. Usted escoja.

Othón pensó rápidamente en la anécdota atribuida a Francisco de Quevedo, quien luego de una apuesta con sus colegas, se atrevió a llamar "coja" a la reina doña Isabel de Borbón (quien realmente renqueaba y a quien le disgustaba toda burla hacia su discapacidad) cuando, en un banquete, el poeta le dio a escoger a la reina entre dos flores: "entre la rosa y el clavel, su majestad escoja". "Menos mal que no me dijo usted es puto". En su interior se resistió a festejar su propia burla.

Apretó la mano del director, quien lo jaló un poco para darle un abrazo. Correspondió Othón apretando al hombre, tímidamente, por la espalda.

—¡No se vaya, por favor, señor licenciado! Tomemos, si no tiene inconveniente, una copa de oporto.

El director fue hacia un pequeño mueble de donde sacó un oporto de cuarenta años de añejamiento. Chocaron las pequeñas copas con el Tawny de Taylor's, y después de saborearlo, volvieron a conversar sobre detalles de su cambio. Othón se despidió apretando un poco la mano, como si hubiera obtenido un triunfo.

Beatriz recibió la noticia con agrado. A pesar de vivir en la gran ciudad, ésta le aburría. Gustaba de caminar un poco y ver las casonas de la colonia Roma, leía revistas y era aficionada a ver documentales en la televisión. Pensó entonces en las ventajas de vivir en Querétaro. Quizá el cambio le vendría bien a su marido, quien siempre estaba absorto, inapetente, hastiado de no sabía qué. Planearon ir el siguiente fin de semana a ver las opciones que ofrecía el banco para establecer su residencia. En cuanto entraron a la ciudad la mujer sintió que se enamoraba de ella, mientras que a Othón le pareció indiferente. Beatriz quería casa y Othón quería departamento. Lo jugaron en un "cara o cruz". Él ganó. Lo malo era que había que subir escaleras. El departamento estaba en el tercer piso. A ella le pareció una incomodidad pero no mostró su desacuerdo. Él lo tomó como un ejercicio necesario porque seguía, inexplicablemente, subiendo de peso.

Dejar hacer… dejar ser

Ya instalados en Querétaro, Beatriz se dedicó a hacer ejercicio, a leer información sobre el embarazo y la maternidad, los cuidados del niño y otros temas relacionados con su circunstancia temporal. Hablaba por teléfono con sus padres y eventualmente recibía la llamada de su hermano Roberto para saber cómo iba su vida. Nunca se quejaba; al contrario, le parecía que todo iba caminando como un bote que zarpa de la bahía con mar tranquilo y sin oleaje. Lo único que le llamaba la atención, pero tampoco demandaba, era la poca actividad sexual con su marido.

Othón recordaría todo esto en su austera y húmeda celda, años más tarde. Por ahora había hecho de su vida una monótona rutina: desayunaba mesuradamente; se veía al espejo y pensaba en comprar ropa de talla más grande. No quería dar la apariencia de ser un obeso descuidado y fodongo. "Necesito ser un gordito bien vestido y procurar ser amable con la gente", pensaba, y se guiñaba en el espejo, ensayando su sonrisa forzada, que era su gesto como cliché. Así que cada dos meses iba con el sastre para que le actualizara sus trajes. Su peso iba en aumento. Lo atribuía a su vida sedentaria, porque tragón no era. Apenas disfrutaba la comida y pocas veces se le cruzaba por la mente la idea de comer de más, de beber de más, de hacer el sexo de más. No le atormentaba la abstinencia ni la falta de deseo. Todo lo veía normal. Lo que sí no podía dejar de hacer era escuchar música clásica cuando menos dos horas al día. Tenía una secretaria afable y experimentada. Atendía clientes con soltura y gentileza. Aceptó dar clases en la Facultad de Administración, porque el rector, que era cuentahabiente del banco, se quedaba a platicar con él y le había ofrecido dar clases de la materia de Economía. "Es que no hay economistas en esta ciudad, vaya… ni comunistas", decía a grito pelado el hombre que era escandaloso, simpático, siempre bien vestido, con chaleco aun en verano y que caminaba encorvado con las manos cruzadas a la espalda. Llamaba la atención que, sin ser un anciano, su joroba se había acentuado. Othón aceptó dar clases, pero era extremadamente serio al impartirlas, y distante con los alumnos, severo a la hora de calificar pero casi nunca reprobaba a nadie. Lo que sí, con él era muy difícil sacar una calificación arriba de ocho.

Al salir de la Universidad, camina unos metros hasta el Rincón de Don Brandy. Tomaba su té, que dejaba enfriar, mientras en el tocadiscos se oía el cuarteto de Liverpool:

When I find myself in times of trouble
Mother Mary comes to me
Speaking words of wisdom;
Let it be.

And in my hour of darkness
She is standing right in front of me
Speaking words of wisdom:
Let it be

Let it be, let it be
Let it be, let it be
Whisper words of wisdom
Let it be

Pagaba y caminaba hasta el estacionamiento. Subía a su carro y, tarareando la canción de los Beatles daba una vuelta por el jardín central, antes de ir a casa. Iba pensando en la letra de John Lennon. La asoció, incorrectamente, con la doctrina del liberalismo de Adam Smith "Dejar hacer… dejar pasar". En eso se había convertido su vida. No era un pensamiento liberal, sino comodino. Una falta de compromiso dominaba su existencia y su agenda cotidiana, casi siempre monótona y reiterativa, con esporádicos síntomas de anhedonia, esa incapacidad de experimentar interés o placer. Poca motivación para hacer ejercicio, para hacer el amor, hasta para disfrutar una comida. Lo que sí gozaba era la música clásica; era su fuga, su cueva, su regocijo solipsista.

Beatriz lo esperaba amorosa y táctil. Él apenas correspondía con unas cuantas palabras y se iba a encerrar a su estudio, donde se quitaba los zapatos, ponía un acetato en el tocadiscos y subía los pies sobre un taburete, hasta quedarse dormido. Así casi todos los días. Con ese comportamiento tan indiferente y asexuado, la propia Beatriz, que otrora fuera alegre y sensual, fue perdiendo interés en el marido, se fue desvaneciendo su atracción por las relaciones sexuales. Y ahora, embarazada de casi siete meses, Othón tenía el pretexto para no intentar acercamiento erótico con su mujer, a la que había conocido como una bella morena, agraciada, fogosa, norteña, inspiradora.

Othón se quedaba casi siempre dormido, oyendo música pero otras ocasiones sólo entrecerraba los ojos y se precipitaba en un pozo sin fondo, a un vacío a donde descendía, y en el viaje, antes de la caída, despertaba sudoroso, con sed, con los labios secos, con un gesto de sorpresa, como si hubiera vivido una larga pesadilla dantesca. Se ponía de pie e iba al espejo. Se miraba un poco desfigurado, como si, en el viaje hasta el infinito precipicio de la *Divina Comedia,* hubiera ido perdiendo aquel rostro jovial, su fingida sonrisa, esa manera cadenciosa de moverse, ese rítmico balanceo que le era característico.

Cuando eso sucedía, ya no quería volver a dormir, ni siquiera se recostaba en el sofá, para que no lo venciera el sueño. Creía que al entrar en reposo podría experimentar de nuevo esa caída a una fosa oscura, que no tenía fondo. Levantaba la aguja del tocadiscos y se echaba agua en el rostro hasta recuperar su aspecto habitual, sin arrugas en la piel, sin ceño en la frente. Antes de ir a dormir se peinaba el pelo negro, corto y lacio. Ya con su cabeza sobre la almohada, sin voltear a ver a su esposa, quien dormía profundamente, conciliaba el sueño tarareando en su interior la melodía *Let it be*.

La llegada de Sofía

Beatriz sintió los primeros avisos de que su criatura estaba a punto de asomarse al mundo. Le dijo a Othón que el parto estaba cerca y preparó su maleta para ir al hospital. Ella sintió con mayor frecuencia las contracciones y su vientre se endureció porque el feto apenas se movía. Temió que se fuera a romper el saco amniótico y se apresuró a poner algunos objetos en una valija que había preparado para el acontecimiento. Othón apenas reaccionó. Hizo lo que tenía que hacer pero lentamente, sin apresurarse, sin perder esa sensación que era lo más parecido a la calma. Ella llamó al cirujano. Eran las doce de la noche. El médico les aconsejó que se fueran acercando al hospital y que llamaría para que la recibieran.

Llegaron al hospital. Ella sentía los espasmos con dolor. El bebé buscaba ya la luz. Pero tampoco tenía demasiada urgencia de venir al mundo. En eso ya se parecía algo al padre. Las enfermeras prepararon a Beatriz y la criatura arribó en la madrugada. Era una linda niña apiñonada, un poco más morena, como la madre, aunque Othón tampoco era blanco. Se llamaría Sofía.

La vida de la pareja, ahora con una tierna compañía, no varió gran cosa. Una rutina idéntica, como si nada hubiera sucedido, aunque Beatriz disfrutaba a su cría y era su mayor entretenimiento. En cambio, Othón iba al banco, a la Universidad y sólo de vez en cuando se desviaba a una tienda de discos antes de regresar al hogar. Al llegar al departamento, daba un beso en la frente a Beatriz y otro a Sofía. Nada más. Simulaba un poco la emoción de tener en casa a este ser pequeño y tranquilo. Beatriz le daba detalles de cómo la amamantaba y de lo bien que se portaba la niña.

Para Othón, la llegada de Sofía no significó un cambio importante en su vida. Beatriz se había acostumbrado a su indiferencia… aunque no era feliz con los largos silencios de su pareja. Más cuando, solos, en el comedor, compartían la comida o la cena. Ella fue perdiendo su vitalidad, como si se la hubiera ido absorbiendo, como si el sobrepeso de su marido fuera producto de irse impregnando de otros sentimientos, de las emociones de los demás, como una esponja que recopilaba emociones, dolores, bienestar o el placer de las personas que tenía en su entorno.

La negligencia se había venido haciendo una dura caparazón en su mente, y su cuerpo había tomado una figura parecida a la de una tortuga: su cabeza pequeña contrastaba con una corpulencia excesiva. También a eso se fueron acostumbrando. Y no por eso dejaba de mirarse en el espejo. No por eso dejaba de guiñarse a sí mismo y ensayar su media sonrisa de simulada complacencia, de fingida aceptación.

Sofía fue aprendiendo los primeros pasos y luego las primeras palabras. Nada cambiaba en el hogar, hasta que un día Beatriz, ante las constantes llamadas de su familia, anunció a Othón que iría a pasar unos días a Hermosillo. No hubo ninguna resistencia, al contrario. Al día siguiente del anuncio le llevó su boleto de avión, y le avisó que había conseguido un chofer para que las llevara al aeropuerto de la capital. Beatriz se emocionó tanto que le correspondió con besos y, por la noche, se puso una ropa de lencería negra para despertar un poco los apagados deseos de un asexuado Othón. Mucho trabajo le costó al economista reaccionar ante la guapa morena que trataba de seducirlo. Al final, pensó que debía enviar a la familia de Beatriz y, especialmente a su hermano Roberto, la señal de que todo iba normal en su relación. Lo consiguió al final, con dificultades y resoplidos, con estímulos y con pausas, con provocaciones de ella y pretextos de él. Pero lo consiguió. Ella había tenido el cuidado de hacer el amor en días que no podía fecundar. Un segundo hijo de Othón si hubiera sido un problema.

Beatriz había quedado de regresar con él en dos semanas. Se tardó más, pero Othón nunca llamó para averiguar por qué no regresaba. En realidad no extrañaba para nada a su esposa ni a su hija. La indiferencia ya se había adherido a él como una costra dura y enfermiza.

ANDANTE

El reencuentro

Othón seguía cumpliendo de manera puntual con sus responsabilidades. Era un hombre formal, puntual, contradictorio, porque era incapaz de decir que no, pero era la negación misma, ya no tenía por qué decirlo. En el fondo siempre tenía ganas de mandar todo al desván donde descansan para siempre los cofres del olvido. La observancia precisa de sus compromisos era sólo una costra que envolvía su vida cotidiana. Abajo había una herida que no terminaba de cicatrizar: su negativa a seguir desempeñando un papel con el que no estaba conforme.

Una tarde en que regresaba de dar sus clases en la Universidad se encontró en la puerta del departamento a Cupertino, el millonario con el que tuvo una aventura en la Ciudad de México. Apenas se sorprendió. Lo más que hizo fue llevarse la mano al corazón para simular una expresión de asombro:

—¡Cupertino! ¡Qué agradable sorpresa! —No esperó la respuesta. —¿Cómo diste con mi domicilio? —Fue lo primero que se le ocurrió preguntar. Luego se fundieron en un abrazo prolongado. En verdad había un afecto mutuo pero a Othón no le gustaba hacer amistades comprometedoras, ni establecer relaciones que alteraran su vida estable, sin contratiempos, sin emociones. Es más, sus abrazos eran discretos, sin fuerza.

—En el banco. Tu secretaria no quiso dármelo pero investigué. Lo importante es que estoy aquí. ¿No te da gusto?

—¡Claro! Pero creo que debiste haberme avisado. Casi me desmayo cuando te he visto —dijo por mera cortesía. —Te vi de espaldas cuando subí la escalera pero nunca me imaginé que fueras tú.

—Mi querido Othón, no me reclames, y pasemos. Invítame un trago. No voy a quejarme que ni siquiera te despediste de mí. No me gusta hacer reproches pero te lo merecerías —dijo con su voz aguda, echando por delante su valija de piel reluciente.

Othón abrió pausadamente la puerta de su departamento. Temía que hubieran regresado su esposa y Sofía. Por un momento su mente se turbó con esa posibilidad, tanto que quedó en silencio. Cupertino estaba un poco desconcertado, pero Othón recobró su estado imperturbable y volvió en sí. Fue al mueble donde tenía las botellas, al mismo tiempo que preguntaba:

—¿Qué quieres beber, amigo? Un jaibol, una cuba… Tengo una botella de ginebra inglesa que me acaban de regalar.

—Está bien, ya sabes que lo que me gusta es el whiskey, pero la probamos. Sola, con hielos nada más… y si tienes una rodajita de limón…

—Bien, así es como se toma —dijo Othón, sirviendo dos vasos *old fashion*. Extendió la mano para dar el suyo a Cupertino y éste la apretó fuerte, sin soltarla.

—Estás sólo, ¿verdad? —preguntó el millonario, quien era un tipo con aspecto de sajón, a pesar del nombre. Su pelo era rubio y lacio, de ojos azules, muy delgado. Su padre había sido minero e hizo su fortuna en las minas de cobre: de ahí el nombre de pila de su hijo, quien compartió herencia con un hermano, a quien casi no veía.

—Sí, Beatriz y la niña aún no regresan de Hermosillo —contestó, soltando suavemente la mano de su visita inesperada. Era la señal que Cupertino esperaba para dar el siguiente paso.

Bebieron hasta terminarse la botella. Othón puso seguro a la cerradura y colocó un disco en la tornamesa. Escucharon música clásica ligera. Hablaron un poco de sus vidas actuales y Cupertino acercó su cara a la de Othón, quien no opuso resistencia. Se besaron y tuvieron sexo sobre los muebles y la alfombra de la sala. Los despertó la alarma que sonó desde la recámara.

Othón se despabiló, vio desnudo a su amigo que babeaba entre el sueño profundo. No tuvo ningún sentimiento. Ni aprobación ni repulsión. Hubo pasión mientras estuvieron enlazados, más de Cupertino; Othón sólo se dejó llevar. Estaba en estos pensamientos mientras se rasuraba. Sintió la resaca. Una leve náusea y un intenso dolor de cabeza le anunciaron que hacía tiempo que no bebía tanto. Se dio cuenta de que era sábado y no tenía que ir al banco. Dejó el rastrillo y con su barba a medio rasurar fue a levantar el brazo del tocadiscos, que toda la noche había estado dando vueltas en un surco sin sonido. Puso dos tabletas de Alka-Seltzer en un vaso con agua. Lo bebió de un trago. Fue a la hielera y abrió una cerveza que tenía semanas en el refrigerador. La tomó con pequeños sorbos hasta terminarla. Sintió un ligero alivio. Terminó de rasurarse mientras miraba a su amigo desnudo. Su piel era blanca como una hoja de papel bond. No le inspiró un mal pensamiento. Si acaso le pareció una escultura de mármol tallada por un artista decadente.

Se acercó a Cupertino y le dio con los pies descalzos unas patadas en las nalgas. De nuevo pasó por su mente la posibilidad de que Beatriz y Sofía llegaran de improviso.

—Vamos, Cupertino, ¡levántate y anda! Tenemos que ir a almorzar algo. Te confieso que hace mucho que no sentía lo que es estar crudo.

El ganadero abrió los ojos y estiró los brazos. Se incorporó lentamente y sacó de su valija un pequeño maletín con sus enseres de baño. Se lavó los dientes y, mientras tomaba una ducha, se quejó de la resaca. Othón le acercó un vaso con burbujas de Alka-Seltzer. Cupertino le correspondió con un beso en la boca. El banquero no hizo gestos. Salieron, y ya cerrada la puerta, Othón volvió a abrirla para recoger los restos de la borrachera rematada con sexo. No quería dejar evidencias de una noche desenfrenada. Cruzó por su cabeza un presentimiento.

Subieron al auto de Othón, que no sabía a dónde dirigirse. Alguien le había dicho que cerca de la estación del tren había un establecimiento con caldo de vísceras de res. En el trayecto platicaron. Cupertino era vital y elocuente. Contrastaba con Othón, que casi sólo se limitaba a escuchar. Se concretó a preguntarle cuáles eran sus planes. Quería saber cuándo se iba. No le interesaba pasar un día entero con él, menos aún la noche. No fue necesario ser descortés. Después de almorzar, Cupertino le pidió que lo llevara al hotel donde había dejado su auto. Ahí dormía su chofer cuando llegaron. Othón ni se enteró de que su amigo había viajado en un jet privado. Se dieron un abrazo como si fueran viejos amigos. Pasarían algunos años antes de volver a verse.

Othón regresó a su departamento. No sentía culpa por la noche con ginebra y sexo. Trató de borrar de su mente la experiencia, no obstante que en la Ciudad de México se vieron repetidas ocasiones. No había rechazo, pero tampoco emoción, algo que lo conmoviera. Sencillamente fue un encuentro ordinario. Se dio cuenta de que no había pasión, ni siquiera entusiasmo. Todavía más: no recordaba bien cómo habían sexado. Estaban tan ebrios que se acoplaron como pudieron. Sin deseo y sin ardor de su parte. Otra vez se había dejado llevar. Lo mismo había sucedido antes, cuando intimaron de manera eventual en la capital. Eso cavilaba mientras subía las escaleras.

Cuando llegó al departamento, en las palpitaciones de su corazón tomó fuerza el presentimiento. ¡Lo intuía! Ahí estaban su esposa y su hija, abriendo las maletas.

Un poco antes de que hubieran llegado, Beatriz confirmaría, al mirar alguna evidencia del encuentro nocturno, la sospecha de las inclinaciones homosexuales de su marido. Sofía quedó en los brazos de Othón. Este apenas dijo algunas palabras cariñosas para su hija. A Beatriz le dio un abrazo y, casi musitando a su oído, le dio la bienvenida.

Un paseo dominical en silencio

La noche de ese sábado que regresaron a su departamento Beatriz y su hija, Othón fue a la cocina y escuchó con atención aparente la narración de Sofía en su media lengua y ya con cierto acento norteño. Platicó todo lo que habían hecho en estos meses que estuvieron fuera. A Othón lo venció el cansancio y quedó dormido sobre su brazo en la barra de la cocina. Sofía se despidió con un beso. Ella también estaba cansada. Beatriz trato de reanimar a Othón y se apareció con un transparente pijama de lencería. Othón ni despertó. Beatriz quedó nuevamente frustrada y otra vez vino a su mente la extraña conducta de su marido, su tendencia asexuada, si no homosexual, la insistencia de su hermano Roberto al insinuarle que su marido había hecho un enlace por compromiso, cuando en el fondo y en la forma no le interesaban las mujeres.

Beatriz estuvo cavilando sobre esto hasta la madrugada. Finalmente, se despojó de su negligé y quedó desnuda a un lado del marido que roncaba. Pensó que, por la mañana, al despertar, podían hacer el amor. Era domingo y no había prisa, sin embargo Othón ni se enteró de que su mujer estaba desnuda y esperándolo.

Sofía ya estaba despierta en su cuarto cuando entró Othón. Jugaba con una muñeca. Le contaba todo lo que su padre se había resistido a escuchar la noche anterior. Othón le pidió que se bañara y se vistiera. Desayunarían fuera de casa e irían a la Alameda a pasear. Ella corrió entusiasmada y abrió la regadera. Beatriz se despabiló y se puso una bata. Se veía cansada y deprimida. Othón le dijo cuál era el plan y ella asintió sin decir palabra.

Los tres pidieron huevos rancheros en un restaurant tradicional de la ciudad. Él solicitó que le sirvieran café con leche y un pan relleno de queso. Las mujeres hablaban de la familia de Beatriz, de sus abuelos. Cuando salió el nombre de Roberto, se le puso la piel de gallina a Othón. Tenía un mal recuerdo de aquella amenaza que le había hecho cuando anunció su matrimonio.

Caminaron hasta la Alameda. En algunos tramos Othón cargó a la niña en brazos y sobre sus hombros. Mientras caminaban a un lado de los árboles, mirando el charco con patos de plástico, admirando las peripecias de los patinadores, no hubo palabras. La niña pidió un globo y sus papás una bolsa de semillas de calabaza cada uno. Beatriz veía de reojo a su marido. No era el mismo que la había enamorado. Hasta llegó a pensar que era otro, que alguien había tomado su lugar, que era un sustituto, un usurpador. Hubo un momento en que deliberadamente se frenó para verlo caminar. "Es él, por supuesto que es él. Nadie camina con los pies tan abiertos como Othón". Sonrió por estar "alucinando", fantaseando con la posibilidad de que el verdadero Othón estaba en alguna otra parte y aparecería de pronto, descubriendo al impostor.

En el camino de regreso comieron una torta y una agua fresca de guayaba. Esa fue su comida. Mientras mordían su bolillo relleno de jamón y queso, la niña seguía recordando los días con sus abuelos. Agotado el tema quedó en silencio. Así llegaron de regreso al departamento. Othón apenas había abierto los labios, si acaso para llevarse la comida a la boca, pero extrañamente para sus dos mujeres, no hubo palabras para ellas. Beatriz pensó que algo no andaba bien. Efectivamente, su marido estaba invadido por un raro síndrome de indiferencia, un estado de negación que llegaba al grado de una enfermedad insólita, desconocida.

Un mutismo acrecentado

No podía quitarse de la cabeza la bienvenida tan indiferente que les dio Othón. Y luego ese domingo que pasó como día sin huella. Al punto en que llegó a pensar, no que su marido había cambiado, sino que era su doble, más huraño, más frío, poco afectuoso. El lunes se levantó con esa idea recurrente, y decidió no hacer planes para quedarse. No inscribiría a Sofía en la escuela y hablaría con Othón, lo confrontaría hasta saber cuál era la verdadera razón de su actitud y, entonces, tomaría una decisión.

Vio cómo su marido se incorporaba de la cama, cómo iba a la ducha y salía aún con agua escurriendo, con una toalla en la cintura. Fijó la mirada en su abdomen. Era amplio y protuberante, desparramándose por la cintura. No, definitivamente no era el mismo del que se había enamorado. Algo le había sucedido. "Como si le hubieran lanzado una maldición gitana para hincharlo como un sapo y cortarle la lengua", pensó y sonrió en su interior por ese pensamiento malicioso, de simple superchería.

Él la vio sentada en la cama. Vio como lo observaba y le cerró un ojo, como si mirara al espejo, pero ni una palabra. Ella sí lo saludó.

—Hola, Othón, buenos días, ¿regresas a comer o comemos fuera? Porque tu refrigerador está casi vacío.

—Ahora te doy dinero para que compres lo necesario en el supermercado, y sí, regreso a comer.

Por fin había dicho una frase larga, lo cual le sorprendió a él mismo. No actuaba bajo ninguna estrategia. Todo era natural. Su parquedad era espontánea. No había un silencio deliberado pero su mutismo era sorprendente. La propia Sofía había soñado a su padre cubriéndose la boca con cinta adhesiva. La pesadilla se le presentó varias veces en los años siguientes.

Othón fue al banco y pasó la mañana atendiendo asuntos, pero también se encerró en su privado a reflexionar. Y ni siquiera eso, a meditar en la superficie, a recordar fugaces momentos de su niñez. Fugaces, porque de pronto se borraban. Su cerebro quedaba en blanco, y sólo reaparecían las imágenes como flashazos.

Puso un casete de música sinfónica y bajó el volumen para que sólo él escuchara. Pensó en el retorno de su esposa e hija. Había sido súbito pero predecible. De hecho tuvo el presentimiento de que llegarían sin aviso alguno. No hizo planes. Se dejaría llevar por los días y por la cotidianidad. Esperaría a que se dieran las cosas. No era su intención desesperar a Beatriz. Menos causar una decepción en Sofía. En eso estaba, cuando tocó la puerta su secretaria.

—Un momento, Nati, ahora le abro —se levantó y fue al espejo. Se peinó e hizo su gesto de costumbre. Le cerró el ojo izquierdo al espejo, o se guiñó a sí mismo. Cambió el casete y puso una música más ligera.

—Dígame, Nati, ¿qué tenemos? —era su saludo habitual a una anciana secretaria que había trabajado para doce distintos gerentes.

—Lo busca el ingeniero Emilio Nemer, director de la empresa *Black and Decker*.

—Hágalo pasar aquí, a mi privado. Gracias, Nati.

En dos minutos apareció el empresario. Charlaron por espacio de una hora. De fondo, las sonatas de Bach hacían el ambiente ideal para una conversación en la que Othón demostró haber vuelto en sí, recuperado el habla y, por momentos, hasta el entusiasmo. Pero fue el empresario quien llevó la conversación.

El diálogo había girado en torno a la difícil situación del mercado para la compra de electrodomésticos, la necesidad de recortar el personal e imponer cambios en la administración y, lo más importante, la autorización de un crédito puente para asegurar la nómina de tres meses, mientras pasaba la crisis. Othón lo interrogó sobre el tipo de garantía y le pidió unos días para pensarlo y consultar con su superior. Era una cantidad respetable y, no obstante la fianza que ofrecieron, la suma era tan alta que no tenía facultades para autorizarla.

Se despidieron como si tuvieran años de conocerse. Hubo una empatía inmediata entre el banquero y el empresario. Othón regresó a su oficina de atención a clientes pero quedó nuevamente ensimismado. Sólo el resorte de la plática con el director de la planta fabricante de equipos electrodomésticos lo había sacado de su marasmo, en parte porque habían dedicado varios minutos de la charla a hablar de música clásica, que era el gusto y debilidad de ambos.

Por su cabeza no pasó que había quedado de comer en casa y que no tenía que ir a la Universidad porque era periodo vacacional. Nati interrumpió el viaje del gerente, quien navegaba en otro nivel de la estratósfera. Lo regresó súbitamente a la tierra. Le solicitó la autorización de un cheque. Othón firmó y regresó a su privado. Nati y el personal del banco empezaron a ver como algo extraño el comportamiento del gerente, sus repetidas ausencias en el escritorio de atención a clientes, su mutismo que se había acrecentado en las últimas semanas.

La decisión

Turbada, Beatriz pasó la mañana pensando cómo enfrentar la situación con su marido. De qué manera abordaría esa indiferencia hacia ella, y hacia su hija, el porqué de ese desinterés en su compañía, en su cuerpo, en su afecto. Antes de que llegara Othón, ya tenía una estrategia: ya sabía con qué palabras enfrentarlo, se preguntaba qué había detrás de su comportamiento, por qué había engordado de tal manera tan misteriosa; pensó en un globo, pensó en que lo habían inflado, que era objeto de alguna brujería, pero ¿de quién o por qué? Sacudió la cabeza; eran tantas preguntas, tal su desconcierto. Al mediodía, ya sabía cómo sería su interrogatorio y cuál sería su anuncio. Abrazó a su hija y le ganó el llanto.

Othón llegó al departamento, se quitó el saco con suma lentitud. Sofía fue hacia él, quien la tomó en sus brazos y le dio un beso en la mejilla. Con Beatriz se mostró inusualmente cariñoso, lo cual terminó por desconcertarla. Ahora ella ya no sabía si le propondría hablar de su futuro como pareja o evitaría cualquier posibilidad de confrontación. Comieron en silencio. La niña hacía preguntas a su padre y él contestaba con monosílabos, o usando frases cortas. No hubo sobremesa. Él tomo a su hija de la mano y la invitó a ir a su cuarto para reposar. Sofía se quedó dormida con su cabeza en el abdomen de su padre. Beatriz observaba la escena. Él empezó a roncar. Su ronquido fue creciendo hasta despertar a la niña. Beatriz lo movió para que despertara o cambiara de posición. Logró esto último y sacó a su hija de la recámara, llevándola en sus brazos.

Dieron las seis de la tarde de ese lunes de verano. Othón se despertó y quedó atolondrado un buen rato. Estaba confundido y no acertaba a darse cuenta de que ya no estaba solo, que su departamento ya lo compartía de nuevo con su esposa e hija. Se levantó y fue directo al baño, a mirarse la cara. Corroboró que era la suya, la misma, comprobó que su sueño donde aparecía con unos mofletes grotescos no era realidad. Se pasó la mano por la cara y se dio cuenta de que había crecido un poco la barba. Había calor en la habitación, un calor que no era sólo por el clima o el termómetro. Oyó el movimiento del pestillo de la puerta. Era Beatriz, que se asomaba para constatar si seguía despierto. La invitó a sentarse mientras se ponía las pantuflas. Ella se quedó de pie, porque él sólo le había hecho un gesto con el brazo derecho, como abanicando el aire, como un saludo cortesano, sin mediar palabra.

—¿Qué te pasa, Othón? Ya no eres el mismo. Me asusta tu violencia pasiva. Tu parquedad. Casi no has dicho palabras desde que llegamos. ¿Te molesta nuestra presencia?

Hubiera querido seguir preguntando, pero Othón la interrumpió:

—Para nada. Soy el mismo. Acabo de verme en el espejo. —Sonrió con media sonrisa, casi inaudible, regocijándose por su expresión entre tonta y juguetona.

—No me divierte tu respuesta. Si así va a ser nuestra convivencia, prefiero regresar a Hermosillo a casa de mis padres.

—Si así lo deseas… pues no te detengo —dijo él de botepronto, pero dudando un poco de la segunda parte de su breve y contundente respuesta.

—Pero está la niña. ¿Tampoco la quieres? —preguntó ella, sorprendida de esa respuesta tan desparpajada y categórica.

—Las quiero a las dos… No puedo decirte más.

—¿Cómo que no me puedes decir más? —crecía el desconcierto.

—Así. No puedo darte más explicaciones. Si quieres irte y llevarte a la niña es tu decisión, no la mía.

Finalmente él había dicho una frase de más de diez palabras. Ella esperaba todo menos esta actitud de manifiesta apatía.

Beatriz no se había movido del marco de la puerta. Él se sentó en la cama y, agachado, veía el brilloso betún de sus pantuflas. Lo cierto es que ni él sabía lo que pasaba. Le parecía todo tan natural. Su vida cotidiana había caído en lo anodino, no había nada trascendente. Si hubiera querido escribir un diario estaría en blanco o, dicho de otro modo, lo rutinario e insubstancial llenarían sus páginas. En la ventana de la recámara golpearon gruesas gotas de agua. Había empezado a llover.

Othón recordaría esa tarde y ese diálogo como alguno de los recuerdos de la infancia, como algo trivial pero inolvidable, como un suceso que le haría una leve marca para el resto de su vida, como la perenne cicatriz de un rasguño. Fue la última vez que vio a Beatriz y la penúltima ocasión que vio a su hija. Sólo se acordaba de que se soltó una tormenta y ya no supo si las mujeres hicieron sus maletas y a qué hora salieron de casa. Su alma no estaba rota, ni siquiera herida.

La insoportable violencia pasiva

La determinación de Beatriz fue súbita, impensada, un arrebato, algo fuera de su control. Luego lamentó la decisión porque la niña estaba inconsolable. De por sí no dejaba de preguntar por su padre en su larga estancia en la casa de los abuelos. Durante el viaje de regreso no cesaba de pensar qué explicaciones iba a dar a su familia. Cómo le iba a decir a Roberto que había abandonado a Othón, cómo explicarle que se había quedado mudo, cuando en el fondo su silencio era sólo indiferencia. Hasta llegó a pensar que el hombre que la había sacado de su casa para traerla de compañía, muy posiblemente estaba hundido en una terrible depresión, que no podría resistir. Nada más equivocado; Othón permanecía inmutable.

Mientras tanto, ella pensaba: "No estoy dispuesta a seguir viviendo con la insoportable violencia pasiva de Othón, porque es imposible hacer una vida normal con alguien que no sabe ni qué le sucede, ni qué quiere, ni qué no quiere". Consolaba a Sofía. Buscaba palabras para darle razones convincentes que justificaran su brusco regreso. Apenas habían estado dos días y ya viajaban de vuelta en un camión idéntico al que las había traído.

Años después, Beatriz regresaría a la ciudad, cuando supo que Othón no vivía más ahí. Volvió con la esperanza de no encontrarlo ni verlo nunca más. De ese tamaño era su decepción. En cambio, Sofía no tenía un sentimiento de orfandad; siempre mantuvo la esperanza de volver a ver a su padre: sabía que estaba vivo porque hubo entre ambos un intercambio epistolar, muy eventual y con escasas líneas, pero se mantuvo. Hasta que un día cumplió su sueño, muchos años después, cuando Othón había perdido treinta kilos de peso, cuando se mostraba un poco menos hosco, después de andar aquí y allá buscando un camino que nunca encontró, después de entrar a una terapia en la que el psiquiatra encontró un personaje con el que no podía trabajar una modificación a su conducta; al ver que en sus sentimientos, en su memoria, en el fondo de su corazón, había un vacío que había llenado sólo con música remota. Cuando Sofía lo vio habían pasado varios años y no lo reconoció, hasta que descubrió aquel gesto inigualable en su cara. El guiño del ojo que no era un tic, sino una parte de su máscara…y aquella manera inconfundible de caminar.

El psiquiatra tenía la certeza de que no había nada qué hacer, que su efímero paciente no tenía huellas de una enfermedad, ni impresiones que hubiesen causado heridas, ni pasiones exacerbadas. El suyo era un caso que rebasaba los métodos de sanación mental, un ejemplo para el que no había cura. Eso sí, pudo detectar el analista que su paciente no sentía dolor ni placer, que era un ser despojado de sensaciones, de pulsiones buenas o malas, un raro animal de la naturaleza. Glacial y anodino, ignorante de su estado de ánimo inalterable, que se dejaba llevar por las horas, los días y las circunstancias, pero siempre, de manera sorprendente, con un inconsciente sentido de responsabilidad, aunque con algunos paréntesis incomprensibles. Nimio, detallado, minucioso pero, por lo regular, eficiente.

Llegó un momento en que su trabajo rutinario en el banco le pareció asfixiante. No hubo culpa ni nostalgia por la separación de su esposa e hija. Cerrando los ojos, se abandonaba por largos momentos en su privado. Dejaba su mente en blanco; el casete de música clásica había llegado a su fin. Salía para atender lo necesario y, una tarde que había cerrado el banco y sólo quedaban él y Nati, su secretaria, le confió la intención de renunciar a la gerencia del banco.

Nati no supo qué contestar. Se llevó la mano a la boca y no se la quitó hasta que Othón dejó de hablar. Lo hizo despacio, con intervalos, con las frases cortadas, como si tuviera más dudas que certezas, como si no estuviera seguro de una decisión y quisiera que su colaboradora más cercana lo reforzara. Se equivocó; Nati se negaría y trataría de convencerlo de que su renuncia era un error. La decisión estaba tomada pero no quería quedarse sin trabajo, porque el trabajo era lo único que le ataba a la vida. No lo pensaría más pero buscaría el mejor momento.

Esperó a que saliera Nati, quien se enjugaba las lágrimas, para llamar a su director general. Le trataría dos asuntos: el crédito para la empresa transnacional y su renuncia. Aunque creyó conveniente no comentar ambos temas, al final sólo le trató el asunto del crédito. El otro lo insinuó. Fue breve y firme, amable y prudente, profesional y diplomático. Sin ser explícita la solicitud, Othón obtuvo la venia de separarse de su cargo. La garantía sobre el préstamo estaba asegurada y el director ya tenía en mente un sustituto para la gerencia. No vaciló en aceptar su renuncia y lo único que le pidió fue que se despidiera personalmente en las oficinas de la ciudad de México.

Al día siguiente, Othón invitó a comer al señor Emilio Nemer. Fue conciso y directo, pero se le ocurrió una gran idea. No como pago al favor de conseguir el crédito, sino como una salida del banco con un empleo asegurado. Eran dos ejecutivos prácticos y no hubo ningún titubeo. A los pocos días que saliera del banco ocuparía una oficina en la planta de *Black and Decker*. Su puesto lo definiría el director en unos días. Brindaron al final con una botella de espumoso. Othón dejó sus platillos casi intactos. Nemer veía con sorpresa cómo los regresaba el mesero a la cocina, tal como los habían servido. El banquero apenas bebió media copa de champagne. El empresario se bebió el resto de la botella. Fue el único que habló durante la sobremesa.

La despedida

Esa mañana Othón se puso su camisa blanquísima de cuello duro, se anudó la corbata de un rojo brillante y se enfundó en su traje de Príncipe de Gales, con un chaleco negro. Como que no coincidía su vestimenta con el caluroso verano ni por ser un día cualquiera. Pero no lo era. Se despediría de su personal, diría adiós a la gerencia de un banco donde había estado unos años, que se le habían pasado como el tiempo que dura un sorbo de agua. Su sustituto ya estaba esperando en el privado. Intercambiaron unas cuantas palabras. Othón pidió al contador que le diera un informe pormenorizado al nuevo gerente y se puso a la orden en caso de cualquier aclaración. El nuevo gerente tenía la encomienda de hacer el contrato de crédito a la empresa dirigida por Nemer.

Othón le dio la mano al personal, uno a uno, para despedirse. Le dio un abrazo a Nati, recogió unos papeles personales de su escritorio, los puso en su portafolios, junto a unos casetes, y salió con su amplia figura, abriendo los pies al caminar, como un enorme muñeco de cuerda. Desapareció de la vista de sus colaboradores y del nuevo gerente quien pensaba que ese hombre que se había despedido no estaba muy bien de la cabeza.

Se dirigió a la Universidad, para ver qué horarios tendría cuando se reanudaran las clases. Su presencia llamó la atención en la sección escolar, donde le entregaron los horarios del curso que empezaría en el mes de julio. Othón dijo que no era necesario, e improvisó un escrito en el que informaba que ya no sería titular de las materias que impartía. No dijo más; dio la media vuelta y le mostró la espalda a una señora que esperaba una explicación, una aclaración.

Bajó las escaleras del viejo edificio que tenía dos siglos siendo la escuela de numerosas generaciones y donde convivían el bachillerato y las escuelas profesionales de todas las disciplinas. Lo hizo muy lentamente y sin darle mucha importancia al hecho de entregar una renuncia que había redactado de puño y letra en el mismo momento. Abandonar sus clases le pareció de lo más normal; no le provocó ninguna contrariedad, mucho menos culpa. Puede decirse que hasta respiró. Aflojó el cuerpo como acostumbraba a hacerlo cuando percibía el mínimo sentimiento de desahogo. Pasó por el café de Brandy. Estaba cerrado. "Otro día pasaré a despedirme", pensó. "Pero para qué", rectificó. Caminó hasta donde estaba su auto. No volvió a pensar en la carta entregada en la Universidad, ni buscó las razones de su decisión, que había sido abrupta y precipitada.

El asunto pasó por su cabeza como algo equiparable a cualquier hecho cotidiano que no le dejaba la menor huella. Otro individuo posiblemente hubiera sentido una pérdida. "No voy a hacerme viejo dando clases a jóvenes indisciplinados, indóciles e imbéciles", pensaba el maestro que por fin iba a descansar de impartir aburridos monólogos que ni Adam Smith hubiera agradecido.

Llegó hasta su auto que estaba estacionado en una acera cercana al banco del que se había despedido. Puso un casete con música barroca. Movía su cabeza conforme escuchaba los acordes. "Ese maldito de Bach, ¡cómo me hubiera gustado conocerlo! Cuando menos para que me iniciara en eso de tocar el órgano". Sonrió en su interior, como si se hubiese contado a sí mismo un chiste tonto. Se miró en el espejo del retrovisor y guiñó su ojo izquierdo.

Colmado cesto de basura

Tenía el ofrecimiento de Emilio Nemer de que, en cuanto dejara el banco, lo buscara para incorporarse de inmediato a la empresa que dirigía. Othón lo pensó unos días. Se relajó. Durante tres días no salió de su departamento. Preparaba sus alimentos, casi siempre frugales: jugos, ensaladas, licuados, emparedados de queso y jamón, galletas untadas con mantequilla y crema de chocolate o cacahuate.

Enfundado en sus pants deportivos, caminaba por la casa de un lado a otro para, según él, hacer ejercicio. No quería ver a nadie, tampoco quería hablar con nadie. No se ocupó de llamar a su hija para saber cómo habían llegado, no tenía ganas ni de descolgar el teléfono. Se preguntó si esa actitud tenía relación con estar deprimido. Lo dudó un poco. En realidad nunca tuvo consciencia de lo que era una depresión. Recibía la suscripción de un periódico nacional pero en estos tres días ni siquiera lo abrió. Así como llegaba lo tiraba al cesto de la basura que había venido colmándose.

Al cuarto día le llegó un pensamiento luminoso. Fue como una revelación. Había estado con la mente en blanco. Se dio cuenta de que no tenía amigos. Desde su cama podía ver el poniente de la ciudad, los atardeceres rojizos, el sutil incendio de las nubes. Los veía y no le producían la menor admiración. En la tarde del cuarto día, viendo el crepúsculo, sintió una necesidad urgente de hablar con alguien. "Pero, ¿con quién?", pensó. "No tengo ni un perro que me ladre… Si me da un infarto, aquí me quedo. No podré ni bajar las escaleras, ni sé a qué hospital ir".

Después de cinco años de cumplir con su invariable rutina, cobró conciencia de que estaba solo, absolutamente solo y que desconocía la ciudad, salvo el trayecto del banco a su departamento, de su oficina al salón de clases y de regreso a casa, con su breve paréntesis en el café de Don Brandy para escuchar al cuarteto de Liverpool.

Se percató de que no había sido capaz de tener a alguien en quien confiar, con quien hablar, con quién confesarse. Salvo sus esporádicas conversaciones con el maestro Elías Mercado, no tenía alguien que lo escuchara, alguien que le tuviera paciencia. Esa fue su revelación, el instante preciso en que vino a su mente un destello de lucidez, un paréntesis de iluminación: "Necesito hablar con alguien y que me diga cómo me ve… si mi actuación es normal, si en verdad, como algunas veces he llegado a pensar, ando extraviado y vacío en el mundo".

Buscó en la Sección Amarilla del directorio "Psiquiatras". No encontró más de diez. Haría primero una cita por teléfono con el primero que al azar le indicara su dedo. Con los ojos cerrados, lo recorrió sobre los pequeños anuncios. Iba a levantar el auricular cuando sonó el timbre del teléfono. Se llevó la mano a la frente. Le pareció una casualidad, una coincidencia sorpresiva. Dudó en tomar la llamada. Era tan raro, que se decidió a hablar.

—Hola. ¿Con quién desea hablar? —preguntó casi tartamudeando, arrastrando la voz, una voz que no había usado en más de setenta y dos horas. La suya era como una voz de ultratumba.

—Soy Emilio Nemer. Me da gusto saludarlo, Othón —y siguió hablando sin esperar reacción del otro lado de la línea. —Le llamo para dos cosas: primero para darle las gracias por su gestión sobre mi crédito… —seguía hablando, temiendo que Othón lo interrumpiera— …hoy estuve en el banco con su sucesor. Nada qué ver con la categoría de usted. Segundo, conseguí su número telefónico en el banco. Le repito mi ofrecimiento para que se venga a trabajar a la empresa. Necesito un gerente de compras, por lo pronto. El anterior acaba de dejar el puesto y me cae como anillo al dedo para que usted se ocupe de inmediato. Mándeme su currículum para que me lo aprueben en las oficinas centrales.

—Con gusto, Don Emilio —dijo Othón, quien ni se inmutó. De hecho habría preferido que esa llamada no fuera en ese momento.

—Es todo, Othón. Gracias, y espero su currículum, pero usted ya puede venir desde mañana. Tengo facultades para ese nombramiento. Sólo espero la confirmación por cumplir la formalidad.

—Así quedamos, Don Emilio, buenas tardes.

Cerró el directorio y dobló una esquina de la página para localizarla luego. En ese momento se dio cuenta de que era la primera vez que abría el directorio telefónico en cinco años de vivir en el departamento.

Tenía hambre y decidió salir a comer algo. No quiso ducharse ni cambiarse la ropa deportiva. Tomó su cartera y su reloj. Bajó las escaleras y su mente seguía en blanco. Como si nada hubiera despertado en él la invitación a trabajar. Sólo una sensación de vacío en el estómago lo llevó a dejar su reclusión voluntaria, su breve autoexilio.

Cambio de planes

La mañana siguiente buscó en su cartera la tarjeta de Emilio Nemer. Algo estuvo pensando antes de conciliar el sueño. No tenía problemas de insomnio pero sí intentaba relajarse un poco antes de quedar totalmente dormido. Y dormía profunda y plácidamente hasta que su ronquido lo despertaba. Mientras exprimía las naranjas en la cocina miraba la tarjeta del director de *Black and Decker*. "¿Qué voy a hacer en ese puesto de gerente de compras, si lo que necesita la empresa es vender?", discurría.

Decidió no llamar por teléfono e ir directamente a las oficinas administrativas de la nave industrial. Se puso un traje azul marino, una camisa azul cielo y una corbata roja con pequeñas bolas blancas. Ya había salido y dado unos pasos en la escalera pero regresó para lustrar sus zapatos hasta que quedaron brillantes, como espejos. Su aspecto seguía siendo el de un banquero.

Se presentó con la secretaria del director. Ella más tardó en entrar al despacho de su jefe que en salir y, para sorpresa de Othón, acompañada de Emilio Nemer, quien le dio la bienvenida. Fue efusivo pero directo, esa misma claridad y pragmatismo que conocía bien y practicaba el economista, quien tendría su primer día de trabajo fuera de su experiencia laboral. No se anduvo con rodeos y le dijo a Nemer:

—Don Emilio, no puedo aceptar el cargo que me ofrece como gerente de ventas.

—Pero, ¿cómo? —interrumpió el director, muy agitado.

—No soy vendedor, Don Emilio. Prefiero apoyarlo en otras áreas, que tengan que ver con administración o con organización, o logística, o en inventarios…

—En ese caso, deme dos días más, y hago ajustes para ofrecerle algo acorde a lo que me solicita. Pero le advierto que no le voy a dar algo menor a su perfil. Es usted un ejecutivo de primera, un asesor financiero; tenga la seguridad de que no lo voy a desperdiciar.

—Donde usted me diga, señor.

Ese gesto de humildad dejó impresionado al director. Se dieron un apretón de manos para despedirse. Othón tomó un folleto de la sala de espera, dio unos pasos a la salida, esperó a que Nemer entrara a su despacho y volteó para cerrar, en gesto involuntario, un ojo a la secretaria. Luego se fue caminando con los pies abiertos a donde estaba su auto. En el camino se aflojó la corbata y sintió como un logro aquella entrevista en la que aún no había conseguido nada. Quizá por eso percibió una especie de alivio: su victoria era como la ausencia de éxito. Esa sensación corrió por todo su cuerpo hasta provocarle un confuso espasmo que en un individuo ordinario hubiese sido de placer.

Subió a su auto y ni volteó a mirar a su lado. Las naves industriales pasaron junto a él como una cinta de película que corre sin detenerse. Sólo veía al frente y cuidaba de mantener una prudente distancia con los vehículos de adelante. Todavía no era ni medio día y había empezado a llover. Buscó poner los limpiadores del parabrisas pero se tardó un poco en ubicar dónde estaban. No sabía lo que era manejar ese auto en medio de la lluvia. Trató de concentrarse para evitar cualquier incidente. Siguió lloviendo hasta que regresó al departamento. Casi se le olvida apagar el auto y poner el seguro de la portezuela. No venía distraído ni pensando en otra cosa que las intermitentes gotas de lluvia, ahora sobre su cabeza. Se cubrió con el saco para no empaparse.

Entró a su departamento cansado de venir manejando con suma concentración. Dio dos pasos y vio un sobre en el piso. No le dio importancia. Lo tomó y ni siquiera vio quien era el remitente. Puso la carta sobre un mueble de la sala y fue a buscar una toalla para secarse. Se vio en el espejo y movió la cara para un lado y luego para el otro, estirando el cuello, ejercitando la papada.

El misterio de los rábanos en la hielera

Al día siguiente que encontró el sobre en el piso. Othón se acordó de él. Miró el membrete y el remitente. No hizo gesto alguno. Lo abrió pausadamente, lo desdobló y hasta que vio la firma se dio cuenta de que era una carta del director general del banco, quien le reclamaba haber dejado la sucursal sin cumplir el compromiso de despedirse personalmente. El texto no era para nada cordial, más bien era amenazante. Le advertía que, si no se presentaba, podría enviarle una auditoría. El tono de la misiva, lo breve y contundente del mensaje, hubiera sido preocupante, o podría haber puesto de muy mal humor a cualquiera. Othón no se inmutó. Dobló de nuevo la hoja de papel y la volvió a meter en su sobre, con parsimonia, con movimientos que podrían ser de una lentitud impostada. Culpó de su omisión al hecho de haberse confiado porque su padre era consejero del banco pero hacía años que ni siquiera sabía de él.

Hasta ese momento se dio cuenta de que aventó el arpa sin seguir las formas institucionales, que le pareció sencillo entregar los bártulos al nuevo gerente sin despedirse personalmente de su jefe. No había cobrado conciencia de ese hecho, que no correspondía a un hombre serio y responsable, abúlico sí, pero con un sentido de compromiso institucional. Tampoco el hecho lo dejó meditabundo. Le dio vuelta a la página. Quiso preparar un jugo de naranja pero el refrigerador estaba vacío. No había más que una botella de leche medio vacía y unos rábanos. Le llamó la atención que hubiera rábanos. ¿Para qué los quería? ¿Cuándo y para qué los había comprado? Se quedó una buena parte de la mañana pensando cómo habían aparecido en su refrigerador. Luego decidió dirigirse al supermercado con la idea de abastecerse de lo indispensable para preparar sus alimentos. No podía despejar de su mente el misterio de los rábanos.

Compró sólo lo necesario. No tenía grandes exigencias para alimentarse. Tampoco comía en exceso, por lo que su obesidad era tan desconcertante, tan injustificada. Además no le gustaba cocinar. Su frugalidad e inapetencia contrastaba con ese abdomen voluminoso que cargaba y que lo hacía tan notorio. Cualquiera pensaría que, por su aspecto, el hombre comía como oso, que era voraz, bebedor insaciable, goloso empedernido. Nada. Era un hombre común y corriente, sin deseos y sin proyectos. Sin gusto por deleitarse con un platillo, sin interés en alguna comida en especial. Hasta en eso era anodino, insípido, ocioso.

Cuando abrió el refrigerador para meter los comestibles que había comprado, volvió a ver que sólo tenía una botella de leche medio vacía y unos rábanos que parecían frescos, recién cortados. Se preparó un sándwich mientras pensaba qué diablos le iba a decir al director general del banco. Pasó la tarde escuchando música de coros gregorianos, hasta que lo venció el sueño. Se levantó en la madrugada a orinar y, en lugar de ir a su cama, regresó al sofá. A la mañana siguiente no sonó el despertador, no se dio una ducha, no preparó su jugo, no miró sus pies porque la barriga se lo impedía, no se incorporó. El sol no entró por las ventanas.

El reloj de pared marcaba las diez de la mañana cuando Othón se movió un poco, limpió con su mano la saliva de las comisuras de su boca y permaneció echado con todo su volumen, roncando, en un costado del sofá, en camiseta sin mangas, con los tirantes colgando en la cintura. La mujer que hacía el aseo de la casa dos veces a la semana no quiso despertarlo.

Al mediodía se quitó el pantalón y ni siquiera tuvo interés en ver la hora. Había dormido mucho tiempo. Por fin se levantó y sintió tal dolor de cabeza que volvió a recostarse. La aguja del tocadiscos pisaba sin cesar el último surco, tanto tiempo como Othón había dormido, de tal modo profundo que podía pensarse que no tuviera conciencia. Había estado soñando de manera recurrente y plácida con la misteriosa presencia de los rábanos en la hielera.

El inicio del otoño

Por fin a la mañana siguiente Othón estaba de nuevo fresco, descansado, listo para cualquier cosa. Bueno, al menos eso era lo que él creía. Levantó el brazo del tocadiscos y lo apagó. Prefería los acetatos a los discos compactos. Exprimió una a una tres naranjas. Fue con su vaso hasta la puerta, donde recogió el periódico del suelo y lo hojeó rápidamente. Luego lo tiró al cesto, prácticamente sin leerlo. Dio pequeños sorbos a su jugo.

Se sentía tan renovado que hasta le dieron ganas de sacar a la calle el bote de la basura que estaba repleto, desbordado. Pero sólo fue un pensamiento. Prefirió bañarse. Salió de la ducha silbando. Sintió una felicidad pasajera, un sosiego extraño, como una calma silenciosa dentro de un frasco vacío. Le pareció tan raro ese momento, tan irreal, tan en el límite de lo anormal que volvió a buscar el directorio. Lo abrió donde estaba la marca de una página doblada por la esquina.

Encontró un anuncio de "Psiquiatras" y al primero que vio le hizo una llamada. Se percató de que era un *déjà vu*, que ese momento ya lo había vivido antes. Pidió a la secretaria una cita. La anotó y, silbando, fue hasta el cesto de basura; lo tapó, dejó algunos restos en un rincón y bajó las escaleras con algo de dificultad. No pesaba gran cosa, pero abrazar el bote se le complicaba. Cuando llegó a la calle, lo puso al lado de otros botes. Regresó a su departamento después de respirar dos bocanadas de aire fresco. Empezaba el otoño. Se sintió extraordinariamente relajado, dueño de un raro bienestar. Consciente de que era él y estaba vivo, en ese momento y bajo esas circunstancias. Subió las escaleras sintiéndose ligero. Se sentía tan bien que pensó:

"Algo no anda bien". Quiso aprovechar esa racha de optimismo y satisfacción. Se ajustó la chamarra de los pants, se miró al espejo, se guiñó y silbando, bajó las escaleras para encaminarse a un parque cercano. Tenía que disfrutar esa complacencia pasajera. "No todos los días son así", pensó. La rutina, los días sin huella, la ausencia de planes, el desgano, consumían sus horas y sus días.

Caminó por las veredas del parque. Hizo ejercicios de respiración y aflojó el cuerpo. Se detuvo a mirar los árboles y sus hojas que empezaban a cambiar de color. Vio a un hombre corriendo con sus audífonos y lo envidió. Pensó en comprar unos ese mismo día y grabar música en un CD, que era la novedad tecnológica, y adquirir también un reproductor y caminar todos los días, hacer un hábito sano para bajar su peso, para conectarse con la realidad, para tener pensamientos con una dimensión y color, en lugar de tener las páginas en blanco. Tenía que explorar esa racha de aire fresco, de holgura momentánea. No tenía muchos días con esa sensación. Se dio cuenta de que tenía que aprovecharlo porque su ánimo era lo más cercano a lo exultante. Fue a su vestidor y revisó el guardarropa para seleccionar aquellas piezas que ya no usaba porque estaban gastadas o habían pasado de moda. Se encontró con algunas prendas de Beatriz y fue entonces cuando se acordó de su mujer y de su hija. Ahí su felicidad tuvo un bache y sin entrar a la depresión debió recordar algunos pasajes de su vida.

Othón casi no fumaba dentro del departamento pero esa mañana luminosa lo había traído a unos instantes que se parecían a algo más que al confort, en el límite de lo gozoso, así que prendió uno de los largos cigarros blancos que eventualmente fumaba cuando tenía el ánimo por encima de lo habitual. Dio una bocanada y echó el humo a su nariz, como "el golpe del marinero". Lo disfrutó pero ya su mente se empezaba a poblar de pensamientos que lo conectaban con su pasado: Tastiota, las huellas en la arena, las risas con su hermano Calixto, el cachondeo con sus amigos en Hermosillo, los apasionados y dulces besos con Beatriz, que se fueron haciendo eventuales y le empezaron a saber amargos. Ahí se detuvo, porque sonó el teléfono. Apagó su cigarro a medio consumir en el primer cenicero que tuvo a la mano. Dudó en descolgar el auricular y se llenó de pensamientos: "No quiero hablar con el director del banco, porque no encuentro pretextos para no ir a la capital. No vaya a ser mi hija y no estoy preparado para conversar con ella, y que tal si es la secretaria del psiquiatra que me recordará mi cita, o si es Nati para decirme que han llegado auditores a la sucursal". No era extraña en él esa sensación de zozobra pero esta vez en un grado mayor. Se armó de valor y contestó:

—¿El señor licenciado Othón Hoyos? —escuchó la voz de la secretaria.

—¿Sí? Dígame, a sus órdenes —limpió el gaznate. El cigarrillo le había provocado algunas flemas.

—El ingeniero Emilio Nemer desea hablar con usted. Se lo paso.

—Sí… Sí, adelante —carraspeó Othón, mientras escuchaba en el teléfono la melodía de la película *El golpe* (*The Entertainer*, de Scott Joplin).

—¿Señor licenciado Hoyos? —preguntó Nemer como dudando de que Othón estuviera del otro lado.

—A sus órdenes, ingeniero —sonaba firme y seguro, ya había limpiado su garganta.

—Para comentarle que, si no tiene inconveniente, lo espero mañana en la oficina. Ya encontré algo para usted, pero hasta que no me confirmaran en las oficinas centrales no se lo quise comunicar. —No dio tiempo a que Othón reaccionara. —Lo espero a las diez de la mañana. Nos tomamos un café en mi oficina y le digo de qué se trata.

La sensación de bienestar se había diluido en unos minutos. Quedó mudo. Tan largos segundos que Nemer se impacientó un poco.

—¿Sigue usted ahí? —preguntó ante el largo silencio.

—Sí, señor, estoy con usted a las diez de la mañana.

—Muy bien, pero no me hables de usted, por favor. Aquí te veo.

Othón prendió otro cigarro. Pasaba del mediodía. Miró por la ventana y pudo apreciar una hilera de árboles que cambiaban de color. Todavía le quedaba un poco del ánimo que había sentido unas horas antes y que se había evaporado casi totalmente con la llamada. Cerró las cortinas y se oscureció la tarde. Su departamento se había poblado de humo, de recuerdos, de sensaciones encontradas, de tinieblas. El otoño había entrado como un ramalazo de contradicciones difíciles de asimilar. Buscó un vaso *old fashion* y vertió un poco de whiskey. Lo bebió de un solo trago. Trató de digerir esa oleada de emociones y se volvió a quedar dormido en el sofá, sin haberse quitado la ropa deportiva.

Un ataque de lucidez

Ese día era crucial. No tenía demasiadas expectativas sobre su nuevo trabajo. Había estudiado economía y finanzas y obtenido calificaciones por encima del promedio, así que no se veía en el departamento de compras ni en el de inventarios de una fábrica de electrodomésticos. Cumplió con su rutina matinal y se dirigió en su auto a la planta. Llegó con media hora de anticipación y, en el estacionamiento, puso el radio en una estación de música clásica y cerró los ojos. Los abría cada dos o tres minutos para que no se le hiciera tarde. Faltando cinco para las diez se encaminó a la oficina del ingeniero Nemer. Lo hicieron pasar de inmediato.

El director de la planta fue muy amable. Le ofreció la dirección administrativa, un buen sueldo, prestaciones y le impuso un reto: equilibrar las finanzas de la empresa. Así de simple. Le dio un informe con un diagnóstico y las tareas por resolver. Conforme hablaba Nemer, Othón se fue hundiendo en el sillón de piel color chocolate. No deseaba ese trabajo que era mucho más importante de lo que esperaba. Tampoco podía decir que no. De algo más que música gregoriana y las veleidades de su humor tenía que vivir. Aceptó con la condición de no regresar por las tardes a la oficina y se comprometió a que, en menos de seis meses habría resultados. Nemer estuvo de acuerdo. Quedaron en que empezaría el lunes de la semana siguiente. Se despidieron con un apretón fuerte de manos por parte del director, mientras el de Othón fue como un blandengue saludo.

Othón emprendió el camino de regreso a casa con la mente en blanco. Necesitaba tiempo y espacio para digerir que volvería a trabajar. Al cabo de un rato se acordó de la entrevista. El ofrecimiento era interesante y sintió que su vida necesitaba retos. Tuvo un repentino ataque de lucidez mientras conducía. Era la oportunidad de salir de un tedio de rutinas ordinarias y monótonas. Por un momento cobró conciencia de que su existencia estaba llena de vacíos, de repetidas y habituales maniobras, tanto de su cuerpo como de su mente, y además (eso fue lo más importante de su reflexión) que la ausencia de emociones era el tenor que dominaba su cotidianidad. Abrió la guantera y buscó un caramelo de menta. Lo deshizo en su boca mientras conducía de regreso a la ciudad. Entonces se dio cuenta del paisaje, el mismo que había ignorado en el viaje anterior en que venía demasiado concentrado en el volante, desconfiado de su pericia, esa que da la experiencia, la práctica diaria.

Había regresado a él la perspicacia, la sagacidad que alguna vez habría utilizado para conseguir sus propósitos. Se dio cuenta de que nada era casual en su vida, que obedecía a un libreto escrito por la mano de un Dios indolente que hacía a sus hijos a su imagen y semejanza, o de alguien capaz de administrar, monitorear o guiar los destinos de los hombres.

Llegó al departamento y lo primero que hizo, aprovechando que un nuevo oxígeno había entrado a su vida, fue buscar la libreta de teléfonos. Llamó a la oficina del director general del banco. Habló con él sin dejar que su interlocutor lo interrumpiera ni interpelara. Expuso con claridad sorprendente su única y válida razón: no había querido viajar a la Ciudad de México; argumentó que el miedo a la gran ciudad se había apoderado de él. Planteó que si era necesaria la auditoría, procediera. Agradeció que hubiera depositado su confianza en él y le dio de memoria los números negros que se esperaban de él. El director no hizo más que agradecer la llamada y desearle éxito en los nuevos aires que decidiera. Othón respiró profundo. Fue al espejo del baño y se guiñó a manera de triunfo, con la sensación de quitarse un gran peso de encima. Después de eso pensó que no le vendría nada mal poner un poco de orden en su vida, comenzando por su departamento, y hasta deseos tuvo de hablar con su hija. No lo hizo. Ocupó su mente en otras ideas.

MODERATO

Nuevos aires

Othón tuvo varios días para hacerse a la idea de que tendría una nueva responsabilidad. Luego se enteraría de que reemplazaría a alguien que estaba todavía en funciones. Nemer había confabulado para forzar la renuncia de su administrador. No le importó pagar las indemnizaciones.

Mientras tanto, Othón se dio a la tarea de conocer un poco la empresa. Revisó el folleto que había tomado en su primera visita. Se percató de que los productos fabricados en esa planta, en su mayoría eran de exportación y que, a pesar de estar muy tecnificada la producción, el personal era numeroso, un poco más de mil trabajadores, incluidos los técnicos y los de confianza. ¿Por qué tenía déficit la fábrica?, se preguntaba, pero de inmediato ocupó su mente en otra cosa. Ya tendría tiempo de involucrarse en su nuevo trabajo. Por lo pronto aprovecharía estos días para reordenar su departamento: los alteros de periódicos levantaban varios metros; tenía mucha ropa sin lavar ni planchar, sus zapatos estaban sin brillo, cosas baladíes pero, para un hombre poco ordinario, muy importantes. No le preocupaban cosas de trascendencia, pero sí lo que tenía que ver con su arreglo personal, con sus gustos personalísimos, con sus intereses tan definidos e intransigentes.

De tal modo que ordenó sus corbatas, sus tirantes, los trajes y las camisas, sus discos, su ropa interior y sus calcetines. Necesitó tres bolsas grandes para la ropa que debía llevar a la tintorería. Le llevó un día completo ese reordenamiento. Lo disfrutó, porque era como un renacimiento, como un nuevo capítulo de su historia personal, como la oportunidad de sentirse vivo, más que un muñeco de actividades repetidas y movimientos frecuentes.

Terminó esa jornada exhausto, encendió un cigarrillo y lo apagó después de dos aspiraciones en las que sintió dolor en la garganta.

El día siguiente hizo varios viajes a su auto. Con la ropa para la tintorería, la basura que no había terminado de poner en el cesto, los zapatos que debía de llevar a que les dieran brillo y pensó llamar a una camioneta de alquiler para que se llevara los muchos kilos de papel periódico acumulado.

Dejó la basura en el poste de la esquina de su departamento. Recogió el cesto que había dejado días antes. Su auto pequeño estaba repleto. Apuntó las direcciones de la tintorería, de la reparadora de calzado y dedicó la mañana a esos traslados. Fue por ese motivo que conoció la ciudad: los pisos de adoquín en las calles limpias, los cielos azules y luminosos en el día, el incendio de las nubes en los atardeceres, las buganvilias trepando por los muros, las cúpulas magníficas, las indígenas dignas y laboriosas ofreciendo sus artesanías y todo lo que se había perdido por la inercia de sus trayectos, por el injustificado desinterés en su propio entorno. Muchos años después, estas imágenes se repitieron cuando sirvió de guía a una acompañante.

Al fin era consciente de todos estos cotidianos y deslumbrantes paisajes que había dejado de lado. Se preguntó cuánto se había negado a apreciar, no sólo los atractivos de la ciudad sino en general. La suya era una vida un poco ascética, más bien aséptica, sin grandes sobresaltos, sin emociones ni excitación, o cuando menos no los sentía. Tuvo un instante de conciencia: pensó que la suya había sido una vida gobernada por la atonía, por una lasitud que era parte consustancial a ese individuo que representaba discretos papeles en el teatro del mundo.

Por fin tuvo un acercamiento a ese hombre diferente que era como un extranjero habitando su cuerpo, pidiendo prestados su mente y su piel, así durante muchos años. No sabía bien cuántos, treinta, cuarenta… Con todas estas ideas regresó a su departamento. Había sido agotador, no tanto por lo que había hecho en movimientos y en gestiones frecuentes que había dejado de hacer por meses y años. ¿Cómo había tenido el traje siempre listo, la camisa perfectamente planchada, la corbata impecable? ¿Había un individuo dentro de él que cumplía con las labores domésticas y otro que había ido al trabajo y a la docencia?

No tenía respuesta pero había en todo eso un gran misterio. Tal vez la explicación era una especie de sonambulismo. ¿En ese estado de caminante dormido o inconsciente había puesto a funcionar el ordenador que su otro yo necesitaba? ¿De qué otra manera se explica que, de pronto, aparecieran rábanos frescos en su hielera? ¿Quién más tenía llave de su departamento que le resolvía los quehaceres que Othón dejaba de cumplir?

Todos estos pensamientos se agolparon en su cerebro. Fue un aluvión que lo dejó cimbrado. En lugar de darle gusto porque había encontrado esa faceta proactiva de su vida, sistemáticamente encapsulada y rutinaria, le dio terror. A cada nueva pregunta la respuesta era más espeluznante. Conforme avanzaba su reflexión la perspectiva era más aterradora. Se acurrucó en posición fetal, como esos gusanos negros a los que expulsa la tierra de las macetas y que se hacen bolita. Puso su mente en blanco, creyó por un momento que estaba siendo poseído. De pronto se desencogió y se estiró cuan largo y ancho era. Fue al espejo y se guiñó. Debía estar tranquilo. Si seguía el frenesí de las dudas y los enigmas se volvería loco.

Un cigarrillo largo y un vaso de whiskey le podrían dar algo de calma. "Finalmente, pensó, ¿qué tal si estamos frente a un nuevo estado, una condición desconocida, un cambio de piel como el de una serpiente, o simplemente la entrada de nuevos aires?"

Un plan de corto plazo

Othón sintió que debía aprovechar la racha de un viento nuevo que le diera vigor en medio de sus dudas. Adoptó una personalidad que muy poco o casi nunca aparecía en él. Se colocó la máscara de las buenas pulsiones, las de la vida, según las cuales se mantiene el equilibrio evitando el placer o displacer excesivos, algo así como una estabilidad, llamémosle positiva. Esto porque, enfrente, convivía con él la pulsión de la muerte, que era el sentimiento que normalmente lo embargaba. Había que descartarlo… algo así como dar la vuelta a su estado de ánimo dominante, que era como vivir dentro de un caparazón de displacer.

Se había propuesto esta mañana darle un giro a esa tendencia de un carácter displicente, neutro, casi maquinal. Hasta se atrevió a hacer algunos planes a corto plazo. Algo así como ir a la capital a escuchar una buena orquesta. Buscaría la programación de las salas de concierto. Pero… viajar tres horas en autobús o en su auto… No. Sentiría claustrofobia. Descartó esa idea. "Viajaría a la Ciudad de México sólo por un caso de extrema necesidad", pensó.

¿Qué otro plan inmediato, que no representara dificultades o logísticas que por ahora no iba a cumplir? Entonces se decidió a hacer algo que de manera inconsciente venía aplazando: llamarle a su hija. Fue al teléfono, consultó su libreta de direcciones y marcó, esperando que fuera ella quien tomara la llamada. Una voz que no reconocía le contestó en tono norteño:

—¿Sí? Digaaaa.

—¿Estará Sofía Hoyos? —preguntó Othón un poco nervioso, sin pensar que había dado el nombre de casada de su mujer. Además, llegó a temer que quien le contestara fuera su cuñado Roberto.

—Ya no viven aquí, vato… ¿Quién habla?

—Soy el papá de Sofía. Dígame dónde la puedo encontrar.

—¡Ah, puesss… apareció el putito!

Othón colgó de inmediato, y con su mano temblorosa siguió buscando en la libreta de direcciones. La voz se le quedó como eco en los oídos, resonando en su cabeza, como un taladro, hasta que le dio escalofrío y dejó de dar vuelta a las hojas de su libreta. Ese golpe lo devolvió a su estado natural.

Pasó el resto del día recordando las palabras que había escuchado en el teléfono. Ya no insistiría en llamar a Sofía… por lo pronto.

El primer día

Llegó el lunes y se levantó con la ayuda del despertador a las siete de la mañana. Hizo sus consabidas abluciones, se vistió como en sus mejores tiempos de banquero y se dirigió a cumplir con la cita de su primer día de trabajo. No iba entusiasmado, pero si curioso por saber cuáles serían sus responsabilidades.

Lo recibió el ingeniero Nemer y juntos recorrieron la planta y las oficinas. Le entregó un organigrama y un informe financiero. De Othón dependerían las áreas de recursos humanos, recursos materiales, compras, recursos financieros y relaciones internacionales: importación de materia prima y exportación de productos. Su primera impresión la sintetizó en este pensamiento: "sólo falta que me pida armar planchas y licuadoras".

Nemer lo acompañó a lo que sería su oficina y se despidió de él. No hablaron de su salario pero sí dejaron claro que, cuantas veces lo tuviera que consultar, lo llamara por el teléfono rojo o fuera al despacho del director. Le presentó a Evelyn, quien sería su secretaria, una chica norteamericana (rubia, de ojos azules y un cuerpo muy armónico) que hablaba español casi sin acento, y a un asistente que se llamaba Emilio. Su privado tenía una vista al jardín, desde donde podía ver el césped y una hilera de rosales, pero también podía ser observado. No como en el banco, donde se encerraba y podía pasar horas en absoluta privacidad.

Llamó a Evelyn y lo primero que hizo fue dictarle un programa de trabajo para los primeros tres días: entrevistas con sus directores y jefes de departamento, análisis del diagnóstico de la empresa y elaboración de un programa de trabajo. Eso le llevó toda la jornada porque se detuvo en todos los detalles. A las tres de la tarde se despidió y, cuando dijo "hasta mañana", su secretaria y asistente quedaron sorprendidos.

Eficiente pero reservado

Othón ya se había acomodado en su sillón ejecutivo, ya había cobrado su primera quincena, había ejecutado los planes que le dictó a su secretaria y había tenido su primer acuerdo con el director general, que estaba muy complacido con esa adquisición que pronto rendiría frutos. En realidad lo que había logrado no era cualquier cosa: poner a trabajar intensamente a todo el personal que estaba bajo sus órdenes. El secreto estaba en que les había puesto metas y las estaban cumpliendo.

Todo iba bien. Tanto que se relajaba en su oficina privada y miraba por largos minutos al espacioso jardín. Aunque Othón trabajaba medio día, Nemer estaba más que satisfecho con él. En uno de sus acuerdos lo invitó a cenar. Estaba intrigado por la vida del economista norteño que estaba enderezando la nave. Othón no aceptó la invitación hasta que fue tan insistente que no pudo negarse. Nemer le dio a seleccionar el lugar y Othón se decidió por un restorán japonés.

El lugar era de una decoración minimalista y el menú no tenía muchas opciones. Al final, Nemer quedó asombrado de la frugalidad de su flamante contratación. "Hubiera pensado que con ese vientre devoraría varios platillos", pensó. Othón habló muy poco. Dominaron los largos silencios. Nemer hubiera querido saber más de la biografía del hombre que tenía enfrente, pero fue él quien se dedicó a definirse: casado pero mujeriego, cincuentón pero jovial, extrovertido pero cauteloso, gustoso de intentar tener hijos pero poco partidario de los niños, sin grandes aficiones que lo atraparan y distrajeran de lo esencial, que era entregar buenos resultados; obsesionado por el éxito (extraño por estar tan cerca de la bancarrota), simpatizante de la cultura norteamericana, adicto al trabajo, negado a viajar y lector ocasional. En cambio, Othón no pudo dibujar su autorretrato. Tuvo que mentir varias veces para que su jefe no lo etiquetara. Nemer no se impacientó con el hermetismo de Othón. Además era la primera vez que había un acercamiento, fuera de cuestiones de trabajo.

El director de la empresa se quedó más intrigado todavía. Su nuevo directivo era eficiente pero reservado, oscuro, impenetrable. "¿Oculta algo o es una manera de ser?"; se hizo varias preguntas como esa luego de que se despidieron. No habían bebido ni una copa de licor digestivo. Sólo una copa de sake y una copa de vino cada quien. No salieron juntos del restaurante. Nemer se quedó a revisar la cuenta y a pagar. Mientras firmaba el *voucher* vio cómo la anchurosa figura de Othón se iba haciendo pequeña hasta desaparecer en una noche cada vez más oscura. "Mientras me dé resultados, su vida me importa un comino", pensaba mientras el *valet parking* acercaba su auto. Empezaba a lloviznar.

Un rozón que provocó rubor y dudas

La vida de Othón regresó a la monotonía. Se acordó de sus rutinas en el capítulo que había cerrado. Como banquero y maestro había sido pulcro, honrado, nunca más allá de lo mínimo, nunca menos de sus obligaciones, que llegó a cumplir hasta con los ojos cerrados. Su inteligencia estaba más allá de las responsabilidades de un gerente de banco en provincia, más allá de impartir clases a grupos de alumnos distraídos. Era sorprendentemente hábil para tomar decisiones como ejecutivo, sabía los temas escolares de memoria y poseía una destreza natural para las relaciones públicas, en las que nunca profundizaba. Todo lo hacía sin el menor esfuerzo, con una voluntad inercial y con procedimientos fáciles que le resultaban naturales, como si los practicara varias veces al día.

Así, en su nuevo trabajo, Othón era puntual y desempeñaba sus funciones con claridad y eficacia sorprendente. Evelyn era treintona y bien formada. Su jefe pensaba de ella: "es como personaje femenino de *Un mundo feliz*, de Huxley, potable o neumática, guapa, de un cuerpo equilibrado y atractivo, sin formas exageradas. Más bien delgada y, si acaso, con un busto grande, que no corresponde a su fisonomía. No me atrae pero me agrada".

Además, Evelyn era soltera y enamorada de México, neoyorkina y de mente abierta. Sus gafas no desmerecían su agradable rostro de piel blanca, ni empañaban sus ojos azules.

Un día se acercó a Othón y rozó con su busto el hombro de su jefe. Él hizo como que no se daba cuenta pero fue un movimiento evidente de la secretaria quien buscó la manera de mostrarle un documento, aproximándose demasiado. Fue instantáneo, casi imperceptible, pero él quiso adivinar cierta intencionalidad de Evelyn. Cuando se puso al frente, de pie, seguía ruborizada. Él la tranquilizó cambiando bruscamente de tema y haciéndole creer que no se había dado cuenta. Cuando abandonó la oficina, Othón se quedó pensando sobre el incidente: "No me ha restregado el busto descaradamente… pero ¿por qué se ha sonrojado? Dudo que haya sido accidental, temo más bien que fue intencional". Fue todo lo que pensó. Dio vuelta a la página rápidamente. Tomó un fajo de papeles sobre su charola de "pendientes", los puso en su portafolios y se despidió de su secretaria y de Emilio, su asistente, un joven pasante de la carrera de relaciones industriales que se encontraba haciendo sus prácticas profesionales. En realidad se la pasaba hojeando revistas dentro del baño, al que acudía con exagerada frecuencia. Emilio se sentaba en un sillón frente a la secretaria, y estaba muy al pendiente del movimiento de sus piernas. Cuando las abría un poco de más, el joven iba al baño.

Si el rozón, involuntario o no, del busto derecho de su secretaria había pasado desapercibido para Othón, no así para Evelyn, quien se quedó pensando, en un largo soliloquio interior: "¿por qué hice eso? Reconozco que hay una atracción hacia mi jefe. No es nada físico. Su aspecto más bien me provoca un poco de… ternura, de gracia. Cuando camina me parece un personaje de parodia, con ese traje enorme y su andar con los pies abiertos… pero hay algo que me atrae definitivamente. Su caballerosidad, su eficiencia, su trato tan aparentemente casual, insensible, pero firme y profesional. No, no, debo estar loca. Apenas tenemos unas semanas y ya siento que me late el corazón cuando lo veo. Es cierto que, dentro de todo, es elegante, aunque repita ese traje cuadriculado de Príncipe de Gales pero no… no es nada corporal, nada material, ni siquiera usa una loción inspiradora.

No huele a nada. Ni mal ni bien. Su humanidad no tiene humor. Ni bueno ni malo. A pesar de su obesidad jamás transpira. Ese tic de limpiarse con el índice y pulgar las comisuras de sus labios cuando dicta, me parece de una comicidad muy fina… ¡Qué estúpida soy! Habiendo tantos hombres, cómo voy a enamorarme de un individuo al que no veré jamás como mi pareja… Pero me puede encantar, me cautiva".

El timbre del teléfono la devolvió al mundo real. Vio a Emilio, cómo estaba al asecho de mirarle las pantaletas. Contestó la llamada y, con un giro del sillón, le dio la espalda al pasante, quien de nuevo se encaminó al baño.

Era como una máquina

Con la llegada del invierno arribaron también las fiestas de la navidad y el año nuevo. Habían pasado tres meses de trabajo. Era un fin de ciclo y había que hacer balances y, en algunos casos, entregar informes y regalos. Aparentemente a Evelyn ya no le interesaba coquetear más con su jefe, ni había vuelto a intentar provocarlo en lo más mínimo. Emilio recibió su carta de aprobación de prácticas profesionales. Othón dejó de ir a las posadas organizadas por las diversas áreas de la empresa. Rechazó gentilmente la invitación de Nemer para cenar en navidad y año nuevo. Entregó su informe y en doce semanas ya había números negros y un superávit; el balance comercial era favorable, se habían incrementado las exportaciones, se había mejorado la eficiencia y, lo más importante, no había recortado el personal sino mejoró los resultados.

El director general estaba feliz y Othón recibió un estupendo regalo antes de salir unos días de vacaciones. Nemer reunió a los trabajadores de confianza y, de manera sorpresiva, entregó las llaves de un auto a su director administrativo, como estímulo a todo el personal y reconocimiento a quien, en un breve lapso, había dado un giro positivo a una empresa que en el pasado verano estaba al borde de la quiebra. Era un auto largo como un tren… bueno, como un tráiler de dos cuerpos… bueno, se veía hermoso y flamante. Othón recibió las llaves turbado, sin saber qué decir ni cómo agradecer. Esbozó una media sonrisa y lo más que hizo fue levantar la mano derecha con las llaves en la mano. Todos aplaudieron. Fue un día memorable pero en su lucha interior había un debate, una sensación de que todo era endeble y artificial.

Sirvieron bocadillos y vino espumoso en el amplio jardín. Nunca antes en la historia de la planta hubo un festejo como el de ese año. Se sortearon viajes, finos bolígrafos de oro, portafolios de piel. Todo era sonrisas y aplausos. El director tomó la palabra y agradeció a todo el personal y para Othón hubo un mensaje con dedicatoria especial. Pidió que Othón dirigiera unas palabras. Tomó el micrófono a regañadientes y fue extremadamente lacónico. Un poco decepcionante para quienes esperaban que verbalizara ese logro debido a su eficiencia y liderazgo.

Llegó la música y se organizó el baile. Fue la oportunidad para Evelyn de probar a Othón de cerca. Con unas copas de más le pidió que la llevara a su casa para estrenar el auto. Con todo y que hubiera querido que Othón entrara a su casa, donde vivía sola, sin perro y sin gato y sin perico, absolutamente sola, actuó con prudencia. Fue lo mejor que pudo hacer, porque Othón estaba temeroso de que las cosas llegaran a más. Le temblaban las piernas. Evelyn le dio un beso en la mejilla y Othón alcanzó a sentir un olor agrio de alcohol, ocultó la náusea que le produjo ese tufo de fiesta, de frustración, de soltería, de oculto deseo. Antes de despedirse de mano, ella le entregó un sobre. Othón lo guardó en una bolsa del saco que olía a tabaco, a champagne regular, a canapé, más vistoso y decorado que nutritivo.

Vinieron los días de asueto. Ese fin de año hizo un frío terrible. Nadie estaba preparado para esas temperaturas. Con el cambio de año y la inactividad vino la depresión. Othón volvió a hundirse en el sofá de su departamento. Ahora tenía motivos para sentirse satisfecho y valorado, pero ni eso lo ayudó a mejorar su estado de ánimo. Mientras tanto, Evelyn aguardaba cuando menos una llamada el último día del año. Nada. Othón estaba hundido en un pozo vacío, sólo él dentro, sin querer salir pero luchando contra su claustrofobia. Inmovilizado, petrificado, como una parte de su cuerpo en lo más profundo del pozo. Y además congelado como una paleta. No supo cuánto tiempo pasó en esa situación. El teléfono lo devolvió al mundo real. Se imaginó lo peor. Era Cupertino que había llamado para desearle un buen año. Othón fue cortante y evasivo. Quedaron de volver a verse. No acordaron cuándo ni dónde. Lo que quería Othón era poner punto final a la conversación. Colocó en la tornamesa el disco de villancicos con la voz de Perry Como. Cuando menos con esa actitud intentaba salir de lo más hondo del hoyo. Bueno, en realidad no lo intentaba. Vino como un acto reflejo, como algo que tenía de mecánico en el fondo. Entonces pensó que era como una máquina.

Una visita inesperada

Cupertino llegó el último día del año al departamento de Othón. Fue una sorpresa que no esperaba el nuevo y exitoso directivo de una empresa trasnacional. Cupertino lo apretó fuerte, en un abrazo cálido y sincero; Othón no tuvo más remedio que rodear el cuerpo del ganadero con sus brazos regordetes y fofos.

—¡Qué gusto verte, Othón! —dijo de entrada el millonario. —He preferido venir a verte que hablarte. La última vez te noté un poco presionado y por eso ya no insistí en buscarte. —No dejaba hablar a su amigo, que tampoco tenía muchas palabras para demostrar su sorpresa y darle la bienvenida.

—No estoy en muy buen momento pero eres bienvenido.

—¿Qué tienes? ¿Algún problema?

—Pasa, pasa, siéntate. Te platico.

Cupertino dejó su maleta a un lado de la puerta, luego se sentó y regresó a la valija, de donde sacó una caja con una botella de fino whiskey. La entregó a Othón y se sentó, mientras su amigo no sabía aún qué hacer. No salía de su asombro. Eran las tres de la tarde. Abrió la botella y sirvió dos vasos. Luego se sentó frente a su visitante inesperado. Seguía impactado, mudo. Por fin, lentamente, empezó a hablar mientras Cupertino lo veía por arriba de sus lentes y sus ojos claros.

—Dejé el banco, como sabes. Me contrató una empresa que fabrica electrodomésticos para el mercado latinoamericano. Tengo apenas tres meses y me dieron un bono de éxito y un auto último modelo. Me dan ganas de regresarlo.

—Pero, ¿cómo? ¿Estás loco?

—Sí, no lo voy a manejar. Es un auto muy grande. Hasta para estacionarlo es incómodo. Además sólo me dieron las llaves. No sé si es prestado o es mío. Lo más seguro es que sea prestado. Pero, bueno, eso no importa. ¡Brindemos! —pronunciar esta palabra sonó como una resurrección.

—¡Salud, mi querido amigo! ¿Estás solo?

—Como siempre. Mis mujeres viven en Hermosillo, creo.

Cupertino se pasó al sofá donde estaba Othón. Éste se hizo a un lado. No quería intimar tan rápido. De hecho se había olvidado de las aventuras con el millonario. En su memoria estaban como episodios borrosos.

Al cabo de un tercer whiskey estaban relajados. Othón aceptó conversar un poco más. Puso un disco de baladas de John Coltrane. Entró a un viaje en el que se fue aflojando de pies a cabeza y de cabeza a pies. Lo hizo consciente, y no por los efectos de la bebida. Más bien ésta ayudó a ser un vehículo para restarle un poco a esa dura caparazón en la que estaba encerrado. La lasitud terminó en la cama. A la mañana siguiente, Othón se incorporó con dolor de cabeza y nausea. En lugar de jugo preparó café y llevó una taza a Cupertino, que aún roncaba. No lo despertó, se fue a la sala y abrió las cortinas. El golpe de luz lo deslumbró. Talló sus ojos con las dos manos cerradas y dejó que la luminosidad del día entrara a su casa, casi siempre oscura, húmeda, sombría. Se quedó parado a observar la calle. No había gente ni autos. Como si fuera un paisaje de fondo de una escenografía de teatro.

Pensó que con Cupertino se sentía verdaderamente cómodo. Con él podía abrirse lo suficiente, como las persianas de las ventanas, dejando que poco a poco entrara la luz, no del todo. Dejó a su amigo en el primer lugar de las personas a las que tenía afecto, de las que podía confiar. Sabía que lo que buscaba ese hombre era un poco de afecto, y en eso se sentían identificados. Sin culpa, con respeto. Como dos adultos que se quieren, que se necesitan pero que deben tener la libertad para no crear una codependencia, más allá de que eventualmente pudieran platicar ampliamente y pasar, sin prejuicios, a otro nivel de la intimidad.

Esperó a que despertara, se dieron una ducha de agua helada. Ahora sí le sirvió café a Cupertino que, en gesto de gratitud, dio un beso en la frente a Othón, quien no se inmutó. Othón lo invitó a almorzar fuera de casa. El restaurante estaba lleno y debieron esperar. Ya sentados, ambos intercambiaron algunos datos sobre sus vidas. Estaban como empatados, compenetrados, compartían algunos gustos e intereses. Había un afecto recíproco que iba más allá de la superficie. Se identificaban. Habían descubierto la noche anterior que había entre ellos una empatía casi fraterna y más que eso, porque sabían bien que luego, entre hermanos, hay odios, envidias y distancias inexplicables. De eso hablaron en la sobremesa del almuerzo. Al final sellaron un compromiso de afecto. Esa fue de las pocas ocasiones en que Othón experimentó una sensación lo más parecido a la satisfacción, pero también en eso había establecido límites.

Regresaron al departamento. Cupertino recogió su maleta y entregó un regalo a Othón. Era una pequeña caja. Le dijo que la abriera después. Cuando estuviera solo. Se despidieron con un abrazo. Esta vez Othón apretó un poco el cuerpo más bajo y delgado de su amigo. Así fue la transición del año. Othón había recibido un gran regalo, el compromiso de una amistad verdadera; ese fue el saldo positivo de una visita inesperada.

Afinidades y diferencias

Cupertino se había definido como tímido. Heredero de una fortuna en tierras y cabezas de ganado. Tenía un hermano que vivía en Estados Unidos y con el que casi no hablaba. Desde niños que quedaron huérfanos, Tomás decidió ir a Carolina del Norte donde vivía una tía. Allá tenía negocios y era próspero.

Él mismo hablaba sobre su vida. Residía en la capital y tenía un jet y una avioneta que piloteaba para ir a su rancho en Chihuahua. Planeaba la nave para reconocer la enorme extensión de tierra donde pastaban decenas de miles de reses para venta de carne de exportación. Tenía la misma edad de Othón. A los treinta y cinco años era millonario y no sabía en qué gastar su fortuna. Cambiaba de avión cada año y no tenía pareja. Vivía en un lujoso departamento y gastaba más en su seguridad personal que en otras cosas. Era reservado, retraído pero firme, comedido y educado pero exigente. Su pasión eran los aviones y la música clásica.

De todo eso habló el día primero del año que almorzó con Othón. Cuando se identificaron en su gusto por la música clásica los dos tuvieron la certidumbre de que había un lazo, un vínculo que era más que empatía, más que una identificación por un interés o afición. Quedaron en que la próxima vez que se vieran se dedicarían a escuchar aquellos discos compactos (que ya se habían acumulado siendo que eran un objeto de presencia reciente en el mercado), que alguno de los dos no tenía. Lo primero era hacer un inventario de los CDs que cada uno coleccionaba. Cupertino dijo tener más de cinco mil discos. El triple de lo que había reunido Othón.

No todo eran afinidades. Cupertino no se había casado ni tenía hijos. Nunca había tenido jefes, ni tenía una especialidad para dar clases de nada. Era gerente de una agencia de autos, para disimular su fortuna, pero nunca atendía a los clientes. Desde ahí y con gran discreción manejaba sus relaciones y negocios. Eran los días en que se podía andar caminando por las calles de la capital tranquilamente. Eran los días en que nadie se atrevería a cometer un atentado contra su integridad y valores. Sin embargo, alguien que calculaba el monto de su fortuna le aconsejó que contratara guardias para que lo vigilaran con suma discreción. Sólo conocía a quien coordinaba a los guardias. A ninguno de ellos lo podía identificar. Así estaba planeado.

De todo esto comentó a Othón ese primero de enero en que pactaron un sello entrañable. Cupertino, sin embargo, tenía sus dudas y recelos. El amigo era un muro infranqueable en cuanto a sus sentimientos. Limitaba el diálogo a lo indispensable. Parecía reservarse información sobre su vida. Había en él un lado oculto de la luna que era insondable. Nada malo, ninguna perversidad. Algo más relacionado con su carácter. Sus expresiones eran sucintas pero precisas, sus explicaciones claras pero breves. Su pensamiento era transparente pero había algo de recóndito y sinuoso. Los norteños tienen fama de ser abiertos, francos, de decir las cosas sin rodeos. Othón no parecía del norte pero tampoco era desconfiado ni suspicaz. Simplemente era críptico como un modo de ser.

Pensando en la fortuna de Cupertino, Othón dio gracias a Dios por no tener nada de qué sentir temor. Estaba lo suficientemente satisfecho, por no decir feliz, con lo que tenía. Aquél era tan rico que no sabía lo que acumulaba; éste era tan sobrio y frugal que tampoco reparaba en lo que no tenía.

Una extraña obsesión

La víspera del día que debía presentarse a trabajar, Othón preparó la ropa que se pondría, y la que había usado la metió en una bolsa para llevarla a la tintorería. En el momento de doblar el saco se dio cuenta de que había un papel en la bolsa. Recordó la despedida con Evelyn y que había sido ella quien le dio un mensaje en un sobre pequeño. Lo olió; despedía un aroma sutil, agradable. "Cómo no me di cuenta del olor el día que me lo entregó. Quizá porque habíamos bebido demasiado. No le puse interés y se me había olvidado", pensó, mientras trataba de despegar la cubierta del sobre. Desplegó la hoja con parsimonia. No tenía ninguna prisa; tampoco curiosidad por leer el mensaje. Lo leyó:

Querido Othón: estoy muy orgullosa de tener un jefe exitoso y con una personalidad única. Dudé mucho en ponerle estas líneas pero pensé que, si no lo hacía, no me iba a sentir bien en toda mi vida...

Othón leyó hasta aquí y tomó aire. Se sentó en un sofá, se puso los lentes para leer porque la letra manuscrita era pequeña y continuó su lectura:

...Debo decirle que en estas semanas ha crecido mi admiración por usted. La admiración se ha convertido en una obsesión. Le confieso que Ud. me atrae tremendamente. Debo estar loca pero no puedo seguir así. Siento que no soy el tipo de mujer que usted busca y también estoy enterada que usted es casado. Permítame decirle que en estas condiciones se me complica mucho seguir trabajando con usted. Me siento terriblemente frustrada. Cuando usted lea esto no me

busque. Ya no me encontrará cuando usted regrese. Me apena mucho este asunto.

Le deseo lo mejor.

¡Sea feliz!

Evelyn Carter

Othón quedó estupefacto. ¿Estupefacto era la palabra? Estupefacto, patidifuso (ya era patiabierto), atónito. No podía creerlo. "¿Como pude provocar en esa mujer tal sentimiento? Debe estar muy sola y es tan agraciada… bella, diría yo. ¿Qué voy a hacer? Apenas en unos meses la mujer enloqueció. Este asunto no levanta mi autoestima, al contrario, ¿qué carajos proyecto para que esta señora… señorita… señorona pierda a tal grado la razón?". Su monólogo interior continuó hasta la media noche. No pudo conciliar el sueño. Pensó en la mujer, en sus pechos enhiestos que un día le rozaron el hombro. "Me pide que no la busque. ¿Cómo la busco si no tengo ni su teléfono? Podría ir ahora a su casa y platicar civilizadamente con ella, y hasta podría darle un poco de calor, un abrazo, una caricia en su cabellera rubia. Lo mejor será esperar a mañana… Seguro se le pasó la excitación y estas breves vacaciones le ayudarán a poner los pies en la tierra". Siguió pensando, hasta quedar profundamente dormido sobre el sofá, como cuando no podía estar tranquilo en su cama, roncando y babeando sin interrupciones.

Se le había olvidado poner el despertador. Miró el reloj cuando despertó y se dio cuenta que ya iba demasiado tarde a la oficina. Era el regreso de unos días de vacaciones de fin de año. Tomó las llaves del carro enorme como un tren, largo y rojo con franjas color marfil y las llantas con las caras blancas. Manejó despacio, con el temor de darle un golpe. Ya no pensó en Evelyn, sino en las palabras que le diría al director para devolver el auto. Y de paso pensó en la mujer, en esa secretaria gringa a la que había quitado la paz, la que había amenazado con no volver, la que era víctima de una extraña obsesión.

Un enamoramiento inexplicable

Estacionó el auto largo como un tren. A pesar que era tarde, caminó despacio con su portafolios en la mano y se dirigió a su oficina. No pensaba en otra cosa más que en saludar a Evelyn. Cuando menos tenía la esperanza de verla. No estaba ansioso. Aparentaba gran serenidad, sabía que no tenía de qué preocuparse. Abrió su oficina y no estaban Evelyn, ni Emilio, quienes acostumbraban darle los buenos días. Recordó que Emilio ya había obtenido su carta de prestación de prácticas, aunque lo que había practicado durante seis meses era un voyeurismo exacerbado y una atípica práctica masturbatoria.

Se sentó en su sillón. Abrió su portafolios, sacó papeles y hasta entonces se sintió un poco extraño, solo, desprotegido.

Othón habló con Nemer para informarle que no había llegado Evelyn y preguntarle si no tenía algún reporte sobre ella. A la vez le pidió un apoyo secretarial de emergencia. Por supuesto que no le diría nada sobre el mensaje ni la amenaza de la chica de no volver. Todavía no alcanzaba a comprender esta decisión tan pueril. Nemer le pidió que fuera a su oficina. Eso lo inquietó un poco.

Cuando llegó a la oficina del director éste ya lo esperaba en la puerta. Se veía muy demacrado o abotagado. Su bigote, siempre muy bien acicalado esta vez se veía un poco descompuesto, desaliñado.

—Tome asiento, Othón, —Él hizo lo propio y quedaron frente a frente en una mesa de cuatro sillas que servía para tratar cosas y casos delicados.

—Cómo le va, Don Emilio? —Tenía que empezar por un saludo.

—Mal, muy mal.

Othón experimentó un retortijón en la boca del estómago. También, eventualmente, podía sentir algunos síntomas semejantes al dolor. Pensó que algo no andaba bien.

—Mire… El día de ayer recibí una llamada del embajador de los Estados Unidos en México. ¿Sabe usted quién es?

—Sí, el señor John Carter.

—Pues es el padre de Evelyn, su secretaria, quien se ha sentido muy mal y está hospitalizada en la Ciudad de México.

La noticia no le produjo el menor sentimiento. Para un individuo común hubiera sido un mazazo en la cabeza. De lo que sí fue capaz fue de reflexionar: "Hasta donde ha llegado toda esta locura, Dios mío. Es lo más ridículo que he vivido en mi vida", pensaba, mientras el director caminaba de un lado a otro, en esa oficina grande, pero no tanto como para llenar la necesidad de caminar. Se detuvo para preguntar a Othón, que seguía pasmado:

—¿Qué piensa, qué cree que le haya pasado?

—No tengo la menor idea. El día del festejo de la empresa, antes de navidad, personalmente la dejé en su casa y estaba perfectamente.

—Pues desde el día 23, según me reporta el embajador, se sintió muy mal y se fue a la casa de sus padres. Siento un gran compromiso con él, porque me encargó personalmente a su hija. ¿Cómo no le avisé a usted de quien se trataba? Aunque me habían pedido que se manejara con bajo perfil. Mientras hablaba, no dejaba de caminar; iba y venía, como un robot descontrolado.

Othón estaba levemente sorprendido. "Menos mal que está viva pero, pensándolo bien, no tenía por qué estar muerta, y ni siquiera estoy seguro de cómo está".

—Yo creo que lo mejor será que vaya usted a la Ciudad de México y nos reporte cuál es la situación de su salud y qué fue lo que le pasó.

Espero que no hayan sido los canapés de nuestra fiesta —dijo Nemer ingenuamente.

—Seguro que es algo más serio. Ya son más de ocho días. Y que esté hospitalizada no es buena señal —dijo Othón por decir algo.

—Ande, Othón, vaya, estrene su auto en carretera y que lo lleve un chofer.

—A propósito del auto… No, nada. Luego le comento.

—Quedamos en que nos hablaríamos de tú. ¿Qué del auto, Othón? ¿No te gusta? Es un lujo. La casa matriz autorizó ese estímulo por tu desempeño sorprendente. Gracias a ti en cien días se enderezó la nave, y avanza viento en popa.

Othón pensó que no era el mejor momento para renunciar al auto. Pero tampoco estaba muy conforme con tener que ir a ver a Evelyn. Sospechaba que era algo relacionado con el mensaje. "Por cierto, ¿dónde quedó ese mensaje? Podía ser una evidencia, en el caso de algo más serio. Pero, ¿qué estoy pensando? Se trata de una simple pataleta de esta niña… señora… solterona". Estaba involucrado. Había estado tranquilo, pero por su cabeza pasaron algunas calamidades. Le parecía todo tan enredado que ni se despidió de su jefe. Salió de la oficina ante la sorpresa de Nemer, quien nunca lo había visto así. "Algo sabe este cabrón", pensó el director. Nunca se imaginó que detrás de ese súbito malestar de la guapa secretaria hubiera un enamoramiento inexplicable.

Cercano al miedo

Aprovechó que un chofer manejaba y, mientras avanzaba en la carretera, Othón trató de poner su mente en blanco. Estaba hecho a la idea de que no le preocupara el incidente. "Es una bobería. ¿Cómo pudo haber sido? ¿En qué momento pudo entrarle en la cabeza una idea tan idiota, tan descabellada? Ella es una mujer linda que puede tener una relación con un hombre de su estilo, de su clase. Qué mala suerte para ella enamorarse de alguien que nunca le va a corresponder, qué mala suerte para mí, porque si me gustaran las mujeres… ella sería perfecta. Es hermosa, de buenos modales, educada y con un cuerpo que sería un deleite para cualquier macho o para un heterosexual".

Se quedó dormido con esos pensamientos. Cuando intentaba poner su mente en blanco lo lograba después de dos respiraciones profundas. Durmió todo el viaje. Despertó cuando llegaron al hospital. Dudó en entrar. "¿A qué demonios vengo…? Es la secretaria que trabaja para mí en la empresa donde cumplo un trabajo… Yo no la contraté, no he hecho nada para que se enferme o intente suicidarse o… cuando menos tenga un ataque de anorexia". Por fin se bajó del auto enorme como un tren, marfil y rojo sangría. A su alrededor todos volteaban a ver el auto y a él. Alcanzó a percibir algo extraño en el ambiente. Caminó hasta la recepción, averiguó el número de la habitación que ocupaba Evelyn. Compró un ramo de flores en el vestíbulo y se dirigió hacia la habitación. Dudó nuevamente. En el pasillo reconoció al embajador pero no se atrevió a decirle que iba de parte del ingeniero Emilio Nemer para conocer el estado de salud de su hija. Lo tuvo que hacer cuando el hombre, extrañado porque Othón se le puso enfrente, le preguntó si se le ofrecía algo.

—Soy el licenciado Othón Hoyos, y vengo de parte de… —no pudo seguir. El hombre le puso una enorme mano sobre su pecho.

—No me diga más… ¿Es usted el jefe de Evelyn?

—Sí, señor. ¿Cómo sigue su hija?

—Mire, yo ya estaba de salida. Está mucho mejor. Su madre está con ella. Estuvo varios días sin comer, hasta que la reportó la señora que hace el aseo en su casa. La trajimos en una ambulancia… pero además tomó alguna sustancia, porque delira y no acierta a comunicarse claramente.

—¿Estima usted prudente que pase a saludarla? —preguntó Othón con la esperanza que le dijera que no.

—No sólo es prudente, sino necesario que lo vea a usted para que le ayude a recobrar la conciencia… Pase… pase, por favorr. Yo me despido. Mucho gusto —le extendió su tarjeta. —Salude al ingeniero Nemer, por favorr.

Othón se quedó en el pasillo. Esperó a que el embajador desapareciera en el elevador. Nunca había experimentado un sentimiento cercano al desasosiego.

Sueños extraños y nimios

Decidió entrar. Daba lo mismo. Evelyn estaba despierta y tenía muy buen aspecto. Su madre leía una revista norteamericana. Ambas voltearon y quedaron extrañadas por su presencia. Othón hizo una especie de caravana a la madre y a Evelyn le entregó el ramo de flores. Ella sonrió sin saber bien qué pasaba. No lo reconoció. "Esto es más grave de lo que suponía", pensó. Se presentó con la madre, quien lo invitó a tomar asiento. No sabía qué decir. Tan diestro en manejar las relaciones personales e institucionales, se sentía torpe, extraño, como si se tratara de otra persona, ajeno a toda esa circunstancia. Finalmente, se le ocurrió cualquier cosa y se dirigió a la madre, mientras Evelyn volteaba a verlo como si fuera la primera vez que lo veía:

—Señora, ¿qué les ha dicho el médico?

A diferencia de Evelyn, quien hablaba sin acento, la señora hizo un gesto de no entender, por lo que Othón preguntó en inglés. La madre comentó que era una situación pasajera.

—El hecho de no comer en varios días y haber ingerido ciertas sustancias han afectado momentáneamente su memoria y otros aspectos cognitivos, sin embargo, los médicos aseguran que pronto estará bien.

La explicación, pronunciada en inglés, dejó más confundido a Othón. La madre de Evelyn continuó hablando: comentó que en los días previos a la navidad estuvieron buscando a su hija para saber si vendría a cenar con sus padres a la Ciudad de México, que no contestó el teléfono y que el día último del año llamó la afanadora diciendo que

Evelyn estaba sin conocimiento. De inmediato llamaron a las emergencias de un hospital y pidieron que la trasladaran a la Ciudad de México. Mientras la madre platicaba, Evelyn se le quedaba mirando a Othón y, al final de la visita, esbozó una sonrisa. Él le dio un tímido beso en la frente y abrazó a la madre para despedirse, deseándole que pronto se recuperara su hija. La visita anotó un teléfono y le pidió que le mantuviera informado. Antes de abandonar la habitación, volteó a ver a Evelyn, quien ya sonreía más ampliamente, como si lo hubiera reconocido.

"Ya que estoy en la ciudad, ¿por qué no llamarle a Cupertino para comer juntos?". Dudó y decidió mejor volver a Querétaro. Eran las tres de la tarde y debía tener hambre. Prefirió quedarse sin comer y le pidió al chofer que condujera despacio. La mitad del viaje puso su mente en blanco y la otra mitad durmió hasta que llegaron a su departamento. Había caído la noche y la temperatura también había descendido. "Mañana será otro día", pensó mientras subía las escaleras. En ningún momento pensó en Evelyn… ni en esa sonrisa que le envió como señal de que su visita la estaba regresando a la realidad, a la conciencia. En lo que sí pensó fue en que había sido un día perdido. En el balance significaba números rojos.

Othón había reducido a hipotéticos números una experiencia sentimental profunda que a cualquier hombre hubiera hecho mella. Se negaba a que hubiera alguna herida en esa ensoñación romántica de la bella soltera, quien se había prendado absurdamente de su jefe. Ni siquiera la trajo a la mente a la hora de tratar de conciliar el sueño. No tuvo que respirar hondo dos veces, como usualmente lo hacía para relajarse y poner la cabeza sobre la almohada. Había una sensación de hambre pero prefirió dormir.

El viaje lo había dejado cansado, no la impresión de ver a su secretaria en la cama de hospital con una neurosis pasajera. Durmió profundo y en su sueño tuvo imágenes abstractas: las huellas en la arena que el viento borraba cuando dibujaba figuras en la playa de Tastiota. Eran como las figuras misteriosas de Nazca, esos geoglifos que se miran desde lo alto en las pampas de Perú; figuras enigmáticas, tal vez trazadas por habitantes de otros mundos. Así eran las figuras que aparecían en los sueños de Othón. Las que dibujaba con Calixto sobre la arena y que en un momento el aire las desaparecía para que grabaran otras igual de superficiales, efímeras, enigmáticas y recónditas. A pesar de esos sueños extraños y nimios, durmió profundamente.

Determinación insospechada

No era usual que Othón tomara decisiones tan firmes. Normalmente era pausado y dubitativo. Esta vez sabía bien qué era lo que debía hacer. "Lo más seguro es que pensarán que estoy loco... tal vez", se decía a sí mismo.

Hizo su habitual protocolo matutino. Cuando subió al auto largo como un tren y cerró la puerta se dio cuenta de que no hizo ningún ruido. Entonces comprendió que no era sólo una máquina envuelta en una carrocería armoniosa. Era un lujo. Ni eso hizo que cambiara lo que su voluntad había decretado en el momento en que tomaba su jugo de naranja, pero que ya venía cavilando desde unos días antes. De hecho, contrariaba el consejo de su amigo Cupertino. Llegó caminando, fiel a su estilo. Desde lejos se sabía que era él.

Nemer estaba esperándolo. Lo hizo pasar de inmediato. Preguntó cuál era el estado de Evelyn. Othón no supo qué contestar. Hubo un silencio que pareció eterno. Respiró hondo y dijo lo primero que se le vino a la mente y a la lengua:

—Los médicos dicen que es una situación temporal. Al parecer le afectó una severa dieta que se propuso antes de que empezaran las fiestas decembrinas. —No supo ni cómo había dicho semejante frase de manera tan fluida, como si la hubiera memorizado muy bien, recitándola de corrido. Pero no convenció al director.

Nemer se le quedó viendo fijamente con los lentes sostenidos por su gran nariz aguileña que no negaba su ascendiente libanés. A pesar de la concisa y eficaz argumentación de Othón, estaba perplejo, nervioso, insatisfecho con la explicación. Y de pronto soltó una frase de la que se arrepentiría:

—Voy a tener que hablar con el embajador para confirmar su dicho —desconfió de la versión que le daba su colaborador. Esa fue la palanca que terminó de mover su decisión. La expresó con determinación. Para esto no había remilgos, no había medias tintas.

—Don Emilio, quiero informarle que no voy a ir a mi oficina. He tomado la determinación de entregar las llaves del auto que me entregaron y quiero presentar mi renuncia al cargo que he venido ocupando.

—¿Qué dice, Othón? ¿Está usted loco?

—No, ingeniero. No hay manera de rectificar. No me siento bien con lo que ha ocurrido.

—¿Qué ha ocurrido…? No me diga que…

—Nada —corrigió Othón, quien sólo había decidido entregar el auto, pero de última hora resolvió entregar su renuncia verbalmente. Él mismo estaba sorprendido. A estas alturas el fin del juego había llegado al límite y el desconcierto era total, especialmente para el director.

—¿Se siente usted bien? ¡Esto es un disparate! —gritó.

Othón recordaría este momento muchos años después en la soledad de su celda: le había tendido la mano para despedirse y Nemer la rechazó. El árabe estaba furibundo. "Algo anda muy mal en este hombre", pensó, y se dio la vuelta, poniéndose de espalda a quien hasta ese momento había sido su colaborador. Hoyos quedó de pie algunos segundos que le parecieron eternos. No podía decir nada y volvió a poner su mente en blanco. No supo en realidad en qué momento había tomado esa determinación insospechada.

Ni una ambigua sensación de derrota

No volvió a abrir el capítulo de la empresa, ni de Nemer, ni de Evelyn. Como si fueran páginas en blanco. Volvió a quedarse en su hogar húmedo, penumbroso, que olía a alfombra mojada como de hotel de dos estrellas; donde dominaban las sombras, donde las persianas casi siempre estaban cerradas. Ahí Othón repitió la maniobra vespertina que más practicaba. Se desanudó la corbata, se quitó los tirantes pero los dejó colgados en el pantalón; se despojó de sus zapatos y se echó en el sofá. Ni se enteró de cuánto había dormido pero se sentía descansado. No había abatimiento ni depresión. Si algo lo podría definir en una palabra era neutralidad. Se incorporó y vio en un mueble de la sala la pequeña caja que le había dado Cupertino el día primero del año. Habían pasado varios días y no había tenido interés ni curiosidad por abrir lo que suponía un regalo. Dentro de la caja venía una pieza maravillosa: una joya en forma de libélula y un mensaje.

La joya era un enorme dije con brillantes y oro rojo. "Yo no voy a usar esto aunque sea una alhaja espléndida", pensó. Se quedó admirándola y con su mano la alejaba y acercaba para apreciarla. No necesitaba una lupa para mirar la cantidad de diamantes que tenía, una gema única, incomparable y costosa. Venía una tarjeta con el nombre de Cupertino Barrios Salas y dos teléfonos en números pequeños que sí necesitaban lupa para leerlos. Atrás, un sencillo mensaje: "Cuando me necesites estaré siempre", y una firma. Volvió a mirar la joya. Estaba embriagado por su belleza pero pensando en que nunca se la colgaría, pensó en devolverla. "No, sería una torpeza, una demostración de pésima educación, una grosería. Por ahora la voy a dejar en mi caja de relojes y ya veremos qué hacemos con ella".

No obstante la impresión de haber recibido un regalo como ese, Othón no le concedió la importancia que merecía. Algunos años después, frente a un puesto de periódicos, pasó fugazmente por su cabeza la imagen de ese regalo único. Sólo quedó cautivado unos instantes y lo depositó en una pequeña caja de caoba, donde había dos relojes, su anillo de bodas y varios pares de mancuernillas. Se desvistió con calma, se puso la pijama y las pantuflas y se cepilló los dientes. En su cama abrió el libro de *José y sus hermanos*, primer tomo. En la solapa, dejó la tarjeta de su amigo. El libro estaba casi a la mitad de la lectura, con un separador de la *Dama de oro*, de Gustav Klimt. Se quedó mirando el separador, lo comparó con la libélula de oro y diamantes, leyó unas páginas y se quedó dormido con los lentes puestos y la lámpara prendida.

Unas horas después un mosco le zumbó en un oído, y se despertó. Trató de atraparlo apretando una mano en el aire. Cerró el libro, dejó los lentes sobre el buró y apagó la lámpara. En esos momentos vino a su mente la escena del día, el enojo del director de la empresa, la renuncia al carro y a su trabajo, la salud de Evelyn; ni siquiera lo que podría parecer lógico para un hombre poco ordinario: un sentimiento de quebranto, un ligero estremecimiento por lo que había abandonado, la sorpresa por el magnífico regalo recibido. No había en él algo que se pareciera a la satisfacción ni a la frustración, vaya, ni la certidumbre de un logro, como tampoco una ambigua sensación de derrota.

LENTO

En punto neutro

Tenía en la tarjeta un mensaje, una firma, unos minúsculos números de teléfono: una puerta de entrada y de salida. Al día siguiente sonó el teléfono repetidas veces y no quiso contestar. Tomó una manzana del frutero, se enfundó los pants y salió al parque a caminar. Respiró hondo y puso la mente en blanco. Ese era el mejor recurso de relajación y de fuga. Lo tenía bien ejercitado. Tan bien que a la segunda inhalación-exhalación ya tenía una página blanca en su cerebro. Nada lo turbaría. Era ese el momento: el aire frío del invierno, las hojas de los árboles en el suelo, el cielo gris, el inconfundible olor de una panadería cercana, el pasto húmedo y amarillo, la gente trotando en la vereda de piedrecillas rojas, las aves moviendo las ramas y rociando a los paseantes, el puesto de periódicos y las mismas noticias con distintas palabras en los titulares. Era el invierno y nada le produciría consternación ni tristeza, ningún mal recuerdo aparecería en esa página en blanco.

Regresó al departamento y el foco rojo del teléfono parpadeaba incesante. Debía tener diez, cien, mil mensajes. No le importó. Se metió a la regadera y tarareó una canción napolitana de la que sólo recordaba un fragmento que repetía y repetía. Tenía una voz de barítono, se creía Mario Lanza, cuando menos Emilio Pericoli. Se enfundó en una bata blanca y abrió las persianas para mirar el horizonte pardo, como cenizo. Ni eso podía contagiarlo de pesimismo; nada lo atribulaba. No había lugar para el desánimo aunque tampoco había razones para la euforia.

Un estado neutro lo dominaba, lo ponía en la tierra, lo ubicaba. Se dio cuenta de que ese era su estado natural: el punto muerto. Como en una palanca en la que hay velocidades y reversa pero también un lugar en el que no hay para atrás ni para adelante. Ese era el punto neutro. Fue justo en este momento cuando asoció la transmisión de un auto con ese que había devuelto a la empresa. Era como una flecha de marfil con bandas de sangría, o al revés, que se deslizaba suave por el suelo, como una lancha que no brincaba con el oleaje, como una nave segura y eficiente. No había en Othón ni un mínimo remordimiento, ni un atisbo de desasosiego por haber renunciado a ese vehículo formidable.

Cualquier hombre ordinario sentiría cómo una sensación culposa recorría su cuerpo hasta conectarse con el cerebro, cualquier hombre ordinario se preguntaría si había hecho lo correcto o no, cualquiera habría sentido duda, temor, incertidumbre, perplejidad. En su caso, era como la ambigüedad perfecta, como nadar en la superficie sin esfuerzo, como avanzar en cámara lenta o sólo simular el movimiento. Prefirió no buscar más paralelismos ni indagar en el diccionario para encontrar adjetivos que describieran su estado de ánimo. Se conformó con declararse en punto neutro.

Enemigo del placer y del displacer

Una mañana, desde que se despertó, Othón sufrió un repentino y raro ataque similar al remordimiento, aunque fue tan fugaz que tampoco se alteró. Recordó a Evelyn y esa sonrisa que se amplió en el momento en que salía de su habitación en el hospital. Caviló: "¿Qué hacer? ¿Cómo investigar si siguió en ese ridículo episodio de silencio por motivo de un trauma emocional? ¿A quién puedo llamar? ¿A Nemer? Ni de chiste, en el mejor de los casos volverá a pedirme una explicación por la inesperada renuncia; en el peor, me mentará la madre y me dirá que soy el peor tipo que se le ha cruzado en el camino, y puede ser que tenga razón. También puedo hablar con el embajador, pero si algo sucedió me va a interrogar y a lo mejor es parte de los mensajes que me han dejado en el teléfono. Si la policía no me ha buscado es que las cosas estarán en orden… ¿Qué puedo hacer? También puedo hablar al hospital y pedir información, pero no quiero dejar pistas para que me investiguen". Pasó toda una mañana especulando, conjeturando, planteándose decenas de escenarios. El ejercicio lo dejó exhausto y volvió a dormir en el sofá con un disco de música sinfónica.

Soñó con su hija Sofía, con Nati, su secretaria del banco, con el amigo gay que le besaba el pene en un vagón abandonado del ferrocarril, en su natal Hermosillo, en la libélula de diamantes y oro que estaba dispuesto a regresar, en el auto largo color marfil que se deslizaba suave y sin brincos en el asfalto y en el propio empedrado; soñó que la vida era como un jardín y que a su paso se encendían las flores y los muros tomaban colores y las vías del tren se movían para dejar paso a un vagón repleto de rosas. Fue un sueño placentero aunque en realidad soñaba poco. No conocía las pesadillas. Cuando se incorporó del sofá, levantó el brazo del tocadiscos y alzó el teléfono para eliminar el pequeño foco rojo que le avisaba que había mensajes.

Decidió llamar al número telefónico de la empresa, a la extensión de su oficina para saber quién contestaba. Era ella. Su voz era inconfundible. Con un acento apenas perceptible. Colgó de inmediato. Respiró hondo y sintió una especie de alivio. No quería acumular una pieza más fuera de su lugar en ese rompecabezas que era su vida. Aunque tampoco estaba muy consciente de ello. Para él todo era equilibrio y armonía; no había más que un ritmo de baja intensidad. La vida para Othón Hoyos Pimentel era como un vaivén de sensaciones anodinas, sin mayores apetencias, sin gratificaciones concretas, sin alucinaciones, o sea sin deseos extremos de bienestar ni de experimentar placeres o padecer infortunios. En su vida no cabían los engaños, menos los autoengaños, ni las proezas ni las decepciones. La suya era una vida como una película en la que no sucede nada, la toma fija de algún personaje que, excedido de peso, espera la llegada del tren en una banca oxidada. O bien una obra de teatro donde lo único que sucede es un monólogo tedioso de un hombre que camina a pasos cortos, duerme en un sofá, evita los recuerdos, evade los malos pensamientos y… los buenos también.

Othón era un ser alejado del placer, ajeno a la frivolidad, refractario al goce, aunque lo más cercano a eso era escuchar los lejanos cantos de un coro gregoriano. Se le podía identificar claramente como una contradicción en sí misma, como un enemigo del placer y el displacer.

Un hermoso dije

No cortaba las hojas del calendario y no tenía noción de cuántos días habían transcurrido desde esa mañana en que sintió algo así como un alivio por saber que la mujer que fue su secretaria en *Black and Decker* se encontraba bien, aunque se preguntaba qué tan bien. Eso ya no tenía importancia. "Hubiera sido un despropósito monumental si a la chica le llega a suceder algo", pensaba.

Othón caminaba de un lado a otro en su departamento, ora iba y se asomaba a la ventana que estaba empañada por el contraste del calor del lugar y el frío del exterior, ora iba a la recámara y regresaba al baño, se veía en el espejo, se peinaba y se guiñaba, practicando un tic que nunca le había servido para gran cosa. Casi no había comido pero habían pasado varios días. Lo supo porque la mujer que hacía el aseo iba martes y viernes y entonces calculó haberla visto dos veces en una semana, y ese día acababa de salir. En fin, era lo de menos.

De pronto se acordó de la tarjeta de Cupertino. Le hablaría y le diría cuán sorprendido estaba por el regalo y cuán necesitado estaba de beber un jaibol con él. Miró con lupa los números en la parte inferior de la tarjeta. Dudó un poco pero terminó haciendo la llamada. El millonario se alegró de oírlo pero fue un poco cortante, porque estaba atendiendo un asunto de importancia. Le ofreció devolverle la llamada en quince minutos. Aunque no le importaba el tiempo, Othón le pidió, como pedirle cualquier cosa (sólo por pedir) que tratara de ser puntual y miró su reloj. No contestaría ninguna otra llamada. A los quince minutos sonó el teléfono y oyó la voz del ganadero.

—¿Así que te gustó el dije amigo? Es una pieza única; la mandé a hacer con un joyero de Tiffany, en Nueva York.

—Me gustó mucho, Cupertino, pero no la puedo aceptar.

—¿Cómo? ¿Por qué?

—Es una joya muy cara, por un lado, y por el otro no sé cómo usarla.

—Cuélgala en tu cuello. En la parte de abajo de la caja viene una cadena… ¿No la has visto?

—No… por cierto, pero vi tu mensaje, y por eso te llamo. Quiero ir a saludarte a México y que nos tomemos unos jaiboles. Contigo es con el único que me siento con la confianza de desahogarme. Estoy tan gordo…

—Anda, no digas tonterías… ¿Cuándo vienes?

—¿Qué día es hoy?

—Viernes, hombre… Viernes. ¿No sabes en qué día vives?

—¿Tienes algo que hacer mañana? —preguntó Othón como vacilando.

—Nada, hombre, acá nos vemos.

—Llegando a la ciudad, te llamo para que me digas dónde nos vemos.

—¡Vente directo a mi penthouse!

—Estoy ahí como a las doce del día. ¿Está bien?

—No se diga más. Acá nos vemos, y quiero ver cómo se te ve la libélula en el cuello.

Othón escuchó cómo colgaba el teléfono su amigo y él hizo lo mismo, lentamente, como arrepintiéndose de haber hecho la llamada. Esa comunicación sería trascendente para el siguiente ciclo de su vida, bueno para una parte importante. Al día siguiente preparó una pequeña maleta. Sacó de la caja de caoba la libélula de diamantes y, en un compartimento falso, estaba la cadena. La abrochó en su cuello y se miró en el espejo. Lucía fantástica. Se puso la camisa encima y una chamarra. La luciría hasta que llegara a la ciudad, especialmente antes de ver a Cupertino. Viajó con calma, se detuvo a cargar combustible, prendió el radio que ya estaba sintonizado en la estación de siempre. Se sintió lo más cercano al bienestar, algo así como con optimismo. Cuando la bomba de gasolina empezó a funcionar apagó la radio.

No pasa nada

Durante el viaje repasó los acontecimientos importantes de los últimos meses. Pensó que eran muy poco relevantes y que todos habían tenido un desenlace involuntario o inconsciente. Dominaba en ellos una condición, una pulsión negativa, un rechazo a la responsabilidad; una evasiva a tener una carga, un compromiso, un deber. Sin proponérselo, en la tranquilidad de manejar su pequeño auto con las ventilas abiertas, el golpe de oxígeno que provenía del exterior, mientras de reojo miraba los paisajes y se concentraba en no perder su carril, le había ayudado a encontrar una clave que en los años siguientes se haría presente y que lo definió para siempre.

Fue un descubrimiento, como la mayoría de los descubrimientos, absolutamente casual. Si algo lo calificaría muchos años después, sería esa capacidad para rehusarse a aceptar, por largos periodos de tiempo, una obligación. En esas condiciones, su rendimiento estaba reprimido, acotado, colindante con un estado de ánimo caracterizado por el vivir y el hacer en el límite del *mínimo minimorum*; era víctima frecuente de una compulsión en sentido inverso: el mandato impuesto por él mismo para dejar de hacer o dejar ser. En este punto, prendió la radio.

La mala señal lo obligó a meter un casete con música barroca e intentó borrar de su mente lo que había venido reflexionando. Sólo ante el psicólogo, algunos meses después, habría revelado esta singular condición que no a todos los individuos atrapa.

Cuando cruzó las enormes torres de Ciudad Satélite recordó un libro que había hojeado en algún vestíbulo de cierto hotel en alguna parte. Casi se detuvo para admirar el conjunto escultórico de cinco prismas triangulares de distintos colores y tamaños. Interesado en el tema se enteró luego de que la principal influencia del conjunto eran las torres medievales de San Giminiano, Italia, donde el escultor Mathias Goeritz quedó tan impactado que trasladó su modelo a lo que han sido, desde mediados de los años cincuenta, emblemáticos monumentos de esta zona que colinda con la capital del país. En el proyecto, recordaba Othón, participaron el arquitecto Luis Barragán y algo tuvo que ver el pintor Jesús Reyes Ferreira, "más conocido como pintor de los gallitos sobre papel, muy sencillo y modesto", recordaba, dando vuelta a la página de sus reflexiones, para entrar a la del libro de arte que conservaba en su memoria.

Por el retrovisor fue viendo, sin distraerse demasiado, cómo los esbeltos bloques, prismas citadinos y, al mismo tiempo, inmensos molinos de viento de concreto, se iban haciendo pequeños a pesar de ser gigantescos y omnipresentes desde la distancia y la perspectiva en la que Othón se alejaba. Su introspección había sido brutalmente interrumpida ante esta vista de formidables titanes urbanos.

Media hora más tarde ya estaba dentro de las vialidades atestadas, en medio del murmullo inigualable de la gran urbe. Amaba y detestaba la ciudad pero reflexionaba: "Pensándolo bien me da lo mismo, si no volteo a mi alrededor, si trato de no escuchar las bocinas de los autos, las sirenas de las ambulancias, el mundanal ruido, no pasa nada. Eso es… no pasa nada".

La confesión

En cuanto llegó al departamento de su amigo, éste lo recibió extraordinariamente afable. Le ofreció medio vaso de whiskey con hielos. Othón descargó en unos minutos un compendio de su historia personal. Nunca la había compartido con nadie. Fue breve y directo. No entró en detalles de sus hábitos y manías, ni habló de sus tics ni de sus fobias, porque ni estaba consciente de ellas. Habló de su familia, de sus días en el mar verde claro de Tastiota, de sus estudios y sus buenas calificaciones, a pesar de que apenas estudiaba lo suficiente; de los inesperados ofrecimientos de trabajo, de cómo los había cumplido y luego abandonado. Hizo una síntesis muy hilada y sin interrupciones. Fue como una confesión serena, sin lamentaciones; como mostrar un cuerpo desnudo sin cicatrices, ni tatuajes. Fue la suya una confidencia sin culpas porque tampoco pedía ni esperaba perdones.

Cupertino estuvo atento al relato. No preguntó nada y, eventualmente, daba sorbos a su whiskey en las rocas. Se entretenía deshaciendo los hielos en la boca y luego los devolvía al vaso. Al final de la historia de este hombre nada ordinario pero tampoco extraordinario, se dio cuenta de que Othón era uno de esos personajes que flotan en la superficie y, sin ser bipolares ni naufragar en la desesperación, no encuentran fácilmente una tabla de salvación. Era obvio que tenía que resolver algunos temas profundos. En el fondo y en la forma, su amigo le provocaba más afecto que dudas; se identificaba con él en sus apreciaciones musicales; estaba seguro de que era una compañía confiable y agradable, y que podía tenerlo como una amistad especial, hasta pensó en hacerlo su colaborador.

Fue tan fluida y concreta su narración que ni tiempo tuvo Othón de dar un sorbo a su whiskey. Cuando terminó, con un trago acabó con lo que Cupertino había servido en su vaso. Se pasó el índice y el pulgar por las comisuras de los labios. Solía dejar un poco de gruesa saliva cuando hablaba de corrido unos minutos. El gesto se le había hecho habitual y se le acentuó en el tiempo que impartió clases.

Ambos quedaron en silencio. Un silencio sereno, meditabundo, sin pretender comprensión ni complicidad. Ambos cerraron los ojos, como para asimilar en lo interior el discurso autobiográfico de Othón, quien había hecho un hilvanado resumen de su vida, como un apunte. Detrás del boceto había una tela, otra superficie oscura, invisible por ahora, que con un poco de trabajo podría emerger y revelar al personaje en lo más hondo. Porque una cosa era cómo se definía a sí mismo y otra el verdadero rostro guardado en un segundo plano del lienzo.

Cupertino era práctico y no se andaba con rodeos, estaba acostumbrado a tomar decisiones y resolver entuertos. Era un ejecutivo que pensaba rápido y decidía en el momento. Le ofreció trabajo a Othón. Le dijo que podía venirse a la Ciudad de México en cuanto quisiera, que si nada lo detenía en Querétaro, solucionara lo de su departamento y organizara una mudanza de inmediato.

—Bueno, por lo pronto vamos a comer y más tarde me dices qué piensas de mi ofrecimiento —dijo Cupertino, tomando una chamarra de piel negra del perchero.

Hacía frío, y por los amplios ventanales del penthouse se podían ver los volcanes, que lucían sus coronas de nieve. La región más transparente volvía a regalar un espectacular paisaje aquel sábado invernal.

—Vamos, vamos —dijo Othón— pero te pido que veas esto.

Se desabotonó la camisa y mostró su pecho con la libélula de oro rojo, aderezada por un racimo de brillantes. Cupertino sonrió ampliamente y le dio un beso en la boca. Salieron. Los esperaba un aire fresco y unas diminutas gotas de agua les cayeron como fino rocío en el rostro, hasta que subieron al auto del millonario: un Mercedes Benz clásico, del año 1959, color plata, impecable, como si fuera nuevo. Tenía casi veinte años y parecía recién salido de la fábrica. Subirse en él ya era un lujo. Ser copiloto le dio a Othón una sensación lo más parecida al placer.

Un domingo en la alfombra

A pregunta de Othón, en la comida conversaron sobre su posible responsabilidad y su sueldo. Cupertino era tan práctico que, sin pensarla, ya tenía una respuesta en la lengua. Acordaron que el economista sonorense sería director de la agencia automotriz. Por el momento, sólo había un gerente y éste le reportaría al hombre de confianza que se estrenaría el día que decidiera. El sueldo sería el mismo que ganaba en la empresa fabricante de electrodomésticos. Además, lo apoyaría con el alquiler del departamento y un carro en comodato, que renovaría cada año. No hubo por parte de Cupertino condiciones, ni llamados a la estabilidad, ni advertencias. Sabía bien que Othón podía ser su amigo siempre, pero comprendía que no garantizaba una relación profesional duradera. De eso estaba seguro luego de conocer, en voz de su amigo, esa tendencia a las renuncias, a la fragilidad de su vocación laboral en aquellas responsabilidades que significaran una permanencia de mediano y largo plazo.

Años después, en su celda, sentado en el austero camastro que le servía para dormir, Othón recordaría ese sábado en la tarde. A su memoria vinieron el menú, la marca y año del vino francés, luego el licor Benedictine y, por la noche, los coros gregorianos y los dos sincronizados, recogidos, compenetrados. Cupertino prefería la alfombra y el tufo de barril de la contraparte. A Othón le daba igual, no tenía predilecciones por posiciones ni por curar la culpa de antemano. Era anodino hasta en eso. Lo que más le gustaba era dejarse llevar. Nunca tomaba la iniciativa… Su pasividad era atractiva, incitaba a la pareja a manejar la situación, a que se sintiera momentáneamente poderosa, dueña del escenario. Eso lo disfrutaba conscientemente, íntimamente. Quizá era lo único que de verdad le satisfacía. Sentirse por unos minutos sumiso y manejable le producía un efecto de agrado. "Es posible que sea un poco enfermo, patológico… Vamos, no importa, es mi gusto y ya", pensó.

Durmieron en la alfombra. Se cubrieron de cobertores para pasar la noche desnudos porque la temperatura había descendido. Era casi el mediodía del domingo cuando despertaron casi al mismo tiempo. Cupertino recorrió las persianas y puso un CD de música clásica. En la planta baja había un restaurante y pidieron comida. Todo el día estuvieron viendo televisión, leyendo periódicos, revistas y libros de contenido ligero, oyendo música, comiendo y bebiendo. Conversaron lo esencial, en un lenguaje fáctico donde lo indispensable era el presente inmediato: "pásame la jarra de agua", "¿por qué no me prendes un cigarro?", "¿qué programas te gustan?", "qué hermosos se ven los volcanes sin contaminación", "¿ves algún noticiero en especial?", "¿qué te parece este cuarteto de cuerdas?". Llegó la tarde y volvieron a dormir en la alfombra. El lunes Cupertino se restiró tres veces y gritó como simio cada vez que abrió los brazos. Luego se incorporó para ir a trabajar. Eran las ocho de la mañana. Abrió de nuevo las cortinas mientras Othón se daba una ducha. Un enorme haz de luz invadió el espacio, los colores de los jarrones chinos de porcelana Ming se hicieron más claros y las figuras pintadas hacía más de quinientos años parecieron animarse con el efecto luminoso.

Los dos estuvieron listos después de tomar un poco de café. Ambos estaban cansados y se preguntaban de qué, si nada más habían estado de perezosos. "También la pereza cansa", pensaron casi simultáneamente. No hubo intercambio sexual. Sólo se abrazaron y acariciaron repetidas veces, pero no tuvieron deseo de más. Se despidieron en el vestíbulo del lujoso edificio. Ya se habían besado en el ascensor. Cada uno llevaba su propia misión. No había que entrar en nimiedades. Comprendieron que, en ciertos casos, las palabras en lugar de ser pertinentes y comprensibles podían ser equívocas o innecesarias. Othón esperó a que su amigo subiera a su resplandeciente cupé plateado. Vestido con un traje beige, camisa azul y corbata color esmeralda. Cupertino llevaba en la mano derecha un portafolios verde de piel de lagarto. Se despidió con la otra mano, subiendo y moviendo los dedos medio e índice, dando media espalda. Le gustó ese gesto a Othón. Lo recordaría en el viaje de regreso. Años después, escribiría una nota sobre eso en la soledad de su celda. Lo que más le había impactado era ese estilo entre casual y elegante de Cupertino, esa combinación de su corbata y el portafolios, su sonrisa y su pelo rubio engomado. Concentrado en el volante, no dejó de recordar a su amigo. La decisión estaba tomada… aunque para no variar le asaltaban alguna dudas.

La mudanza

Esta vez Othón actuó rápidamente: llegando a su departamento revisó el contrato de arrendamiento. Se dio cuenta de que tenía el aval del Banco Nacional de México y que se vencía en febrero. Faltaba poco para su término. Habló con la arrendadora; ofreció pagar por adelantado el siguiente mes e informó que no renovaría. Empezó a empacar su ropa, sus libros y sus discos que eran más que otras cosas. Cuando vio su espacio más o menos vacío, arrinconó los muebles que llevaría en la mudanza y los que no le servían los ofrecería regalados a los cargadores de la empresa de transporte. Se quedó con un armario muy pesado que, en su parte de atrás, tenía un secreto, una pista, un hallazgo un tanto macabro.

La verdad era contado el mobiliario de este hombre tan básico, tan austero, en muchos sentidos. En dos días estaba listo. Habló con Cupertino para darle la noticia y pedirle su apoyo para contratar un departamento en la capital. Le ofreció uno de su propiedad en Copilco, cerca de donde sería su centro de trabajo.

Realizó el papeleo de la mudanza. Los cargadores estaban felices de los regalos y, cuando Othón entró al cuarto de Sofía, un olor a humedad salió como una oleada fétida. Tenía meses y años de no abrirse. A la mujer del aseo no se le había ocurrido ventilar el cuarto. Othón se asomó y vio la pequeña cama, los móviles pendiendo del techo, algunos juguetes, el tapiz floreado, una lámpara que producía sombras, un estante con muñecas. No hizo gestos, no le dolió el corazón. Lo que sí hizo fue pensar cómo investigar el teléfono de los padres de Beatriz. "¿A quién se lo pido? No tengo un amigo, un contacto, una persona de confianza. ¡Qué hombre tan solo y tan vacío! ¿Cómo he podido vivir así tantos años, toda mi vida?". Se tomó la cabeza con las dos manos, como si con ello pudiera concentrarse mejor en sus pensamientos. Buscó dónde sentarse. Se acordó de Nati, su secretaria del banco. "Se va a asustar cuando me oiga, pero es ella la única persona a quien se lo puedo pedir". Eso hizo. En menos de una hora ya tenía los teléfonos, bueno, el teléfono. El de la propia Beatriz. "Qué eficiencia de Nati. Es lo único que voy a extrañar de esta ciudad". Exageraba.

Era incapaz de tener sensaciones profundas pero admiraba el crepúsculo que enrojecía el poniente, las calles limpias y los arcos que daban la bienvenida a quienes ingresaban a la ciudad, las jacarandas en la primavera, los empedrados en algunos barrios, los botareles del templo de Santa Rosa de Viterbo. Decidió llamar a Sofía.

Después de varios intentos contestaron en la casa de Beatriz. Era ella. En cuanto se dio cuenta de la voz de Othón, pasó el auricular a la niña.

—¡Hola, apá! —me dice mamá que llamas, dijo la niña extrañada, antes de oír la voz de Othón.

—Sí, m'ija. Te hablo para decirte que me voy a vivir al Distrito Federal. Luego te escribo para darte mi dirección y ojalá un día me vayas a visitar.

La niña no sabía qué decir. Así que lo único que se le ocurrió fue:

—Sí, apá… —Se hizo un largo silencio de los dos lados hasta que Othón se despidió.

—Bueno, m'ija, te mando un beso y nos veremos pronto.

Ese pronto se convirtió en varios años. Ni a uno ni a otra les interesaba darle continuidad a esa llamada. Era como una esperanza que no existía, una posibilidad que carecía de razón; no había de por medio ninguna certeza, ningún interés. No sintieron frustración ni desesperanza.

Aun así, para Othón la llamada significó una descarga; se sentía menos desolado, aunque igualmente vacío, absolutamente confundido: un hombre solo, sin pasado y sin futuro. Vio cómo sacaban su tocadiscos perfectamente envuelto. Sintió algo lo más parecido a la nostalgia. Cuando se despidió de su ayudante doméstica, le entregó un fajo de billetes que correspondían a su liquidación. Ella le agradeció con lágrimas y pidió disculpas por haber dejado durante varios días unos rábanos en la hielera. Eran para hacer un pozole y los había olvidado. Ese descuido había provocado gran confusión en Othón, quien llegó a pensar que estaba perdiendo la cabeza.

ALLEGRO
MODERATO

Un nuevo ciclo

Othón se adaptó muy pronto a las nuevas condiciones de su vida. Se instaló en el departamento, que también tenía vista a los volcanes. Había escogido un quinto piso, porque había elevador en el condominio. Terminaron dándole el tercero. Se puso en el límite del bienestar cuando terminaron su labor los cargadores. Él mismo había dirigido la maniobra. Cuidó que sus libros y discos tuvieran un especial cuidado. Por lo pronto, los pusieron revueltos. "Ya tendré tiempo de clasificarlos y colocarlos en los estantes. Aquí lucen más, no sé por qué, quizá porque este espacio es menos oscuro y más amplio. Sólo me falta comprar un escritorio para instalar un estudio donde pueda leer y escuchar música. Ya no compré sofá, para no quedarme dormido. Asocio esa condición con estar angustiado o deprimido cuando en realidad no estoy ni lo uno ni lo otro". Esa reflexión coincidía con lo que ciertamente lo definía, la ambigüedad o la ausencia de sensaciones.

Cupertino convocó al personal administrativo, de ventas y servicio y lo presentó. Othón tomó la palabra y, en un discurso breve y claro, les dirigió un mensaje de confianza y autoridad, de cercanía pero de exigencia. Desde su oficina, adjunta a la de Cupertino, podía ver todos los movimientos de la agencia. Pensó: "Desde aquí supervisaré tiempos y movimientos. Todo es de cristal, prefiero la transparencia sobre la penumbra. Aquí no podré poner los pies sobre el escritorio y regresar al pasado, a los recuerdos de la infancia, ni tendré asaltos de nostalgia ni reminiscencias culposas". Mientras reflexionaba, se sentó frente a su escritorio, cruzó las manos, dio vuelta a los pulgares, que era su gesto en que por lo regular se coordinaban un ligero confort y una pizca de optimismo. Para aderezar su estado de ánimo, se peinó, se sonrió con la mitad de los labios, en esa mueca que quería ser de placidez pasajera, y guiñó un ojo esperando que nadie lo viera. Estuvo tentado a poner los pies sobre el escritorio.

En poco tiempo Othón ya entregaba cuentas favorables a Cupertino. Se habían incrementado las ventas y se había mejorado el estándar de la calidad en el servicio. Cupertino lo celebró, e invitó a su flamante colaborador a su departamento, a tomar una copa. Ambos sabían que, después del brindis, vendría un encuentro. Los dos sintieron simultáneamente una breve sensación de excitación. "En tres meses de trabajo será apenas nuestra primera visita a las alfombras. Yo pensé que el hombre estaría más activo o insistente. Menos mal que no me ha acosado tanto. Debe tener algún novio de planta", pensó, mientras dibujaba esa media sonrisa, tan falsa como un gesto maquinal, instantáneo.

Ya en el departamento, Cupertino sirvió dos vasos con whiskey. Brindaron. El anfitrión puso el disco *Ballads* de John Coltrane y sacó del refrigerador varios quesos, que cortó con exquisito cuidado frente a su amigo. No hablaron de trabajo ni de las noticias del momento. Bordaron por el vacío, dieron vueltas a la nada y sólo se fueron acercando como con recato, con prudencia, con deseo controlado. Eso los excitó más. Terminaron besándose con fruición y desnudos en la alfombra.

Las expediciones

A Cupertino le había agradado el gesto de austeridad de Othón de renunciar al auto que le ofrecía. La razón era que no necesitaba más, que con el que usaba se sentía satisfecho y estaba en perfectas condiciones. De pronto, un día Othón decayó en aburrimiento. Su ostracismo lo había llevado a experimentar cierto tedio, acompañado de frustración. Nada lo hacía feliz. Y lo que estaba viviendo era irremplazable, irrenunciable, justo lo que necesitaba. Cupertino se dio cuenta de que su director salía de su oficina, caminaba por el espacio de exhibición de autos nuevos, platicaba brevemente con algún vendedor y luego salía. Se le podía ver cómo avanzaba por la calle, con su caminar pausado y sus pies abiertos, su impecable traje de estilo Príncipe de Gales, casi sin voltear.

Un día el millonario, intrigado por las frecuentes desapariciones, mandó a vigilarlo. La conclusión fue que se metía a las librerías cercanas, pasaba horas viendo libros y discos y regresaba a su oficina pero sin haber adquirido nada. Es decir, sólo miraba. Cupertino guardó silencio pero no dejaba de estar extrañado por el comportamiento de su amigo. "Podría avisar, o hacer sus paseos en horarios que no fueran de trabajo", pensó, mientras calculaba en qué momento le haría el comentario. Los resultados que le había entregado eran notables. Para Cupertino el negocio de la concesionaria de autos alemanes era sólo un parapeto de sus verdaderos negocios millonarios, así que tampoco le preocupaba demasiado la distracción momentánea de Othón. Lo que si le llamaba la atención era que en noventa días se había concentrado al máximo en lograr objetivos, superiores a los esperados, y de pronto se empezaba a extraviar con pasatiempos que demostraban que no estaba muy contento en su caja de cristal. "Si fuera a comprar un libro o un disco lo entendería, pero ir a bobear así nomás, me parece muy raro, pero… creo que no debe distraerme a mí también", interrumpió su reflexión para atender una llamada.

Absolutamente ajeno a que sus expediciones estuvieran siendo investigadas, Othón no dejó de cumplir con sus obligaciones rutinarias en la oficina, y hasta se hacía notar pasando frente a la de su amigo y jefe, quien también estaba encapsulado en un rectángulo transparente. Tampoco dejó de hacer sus excursiones. Un día sí regresó con dos CDs de la marca *Deutsche Grammophon* con la Orquesta Filarmónica de Viena. Le reglaría uno a Cupertino. No imaginó que esa buena intención podría ser la oportunidad para que el millonario lo pudiera confrontar acerca de lo que éste consideraba una conducta atípica, por no decir caprichosa y ociosa, cosa que no ocurrió. Preguntó por él a su secretaria y lo hicieron esperar unos quince minutos. Othón no tomó asiento, a pesar de la insistencia de la ayudante; caminó con pasos breves y moviendo los pulgares con las manos entrelazadas en uno de sus típicos gestos. Le ofrecieron café o agua y se negó. Arqueó las cejas después de ver el reloj varias veces. Por fin le dieron acceso. Cupertino no se levantó de su sillón ni volteó a ver a Othón. Éste le extendió el CD.

—Es la última grabación de la Filarmónica de Viena. Por fin Karajan hizo una nueva versión de *El anillo de los Nibelungos* —dijo, tratando de entregar el disco. Cupertino tardó unos segundos, que parecieron eternos, para ver a Othón y luego recibir el regalo.

—¡Oh… qué bien! Gracias. Lo escucharé en cuanto pueda. —Después de un insólito silencio preguntó: —¿Por qué no lo escuchamos juntos? ¿Qué día puedes? —Aún no se atrevía al reproche, ni al comentario en tono amable.

—El día que me digas. ¿Por qué no vienes a mi departamento? Sirve que lo conoces. No me has hecho el honor de que lo presuma.

—¿Te parece el viernes próximo, en la noche? —Pareció más bien una orden que una pregunta.

—¡Encantado! ¿Quieres que prepare una pasta? No soy buen cocinero pero lo intento.

—Mejor cenamos algo antes, y despés vamos a tu departamento. Bueno, lo afinamos mañana; ahora tengo que continuar con unas llamadas. Que tengas buena tarde.

Othón regresó a su caja de cristal pensativo. "¿Ora qué se le metió a este perro chihuahueño…?", sonrió en su interior con este pensamiento. Era injusto o cruel, pero estaba extrañado por la frialdad de su jefe y amigo. No era usual que lo hiciera esperar, menos aún que no lo mirara a los ojos de inmediato, y mucho menos que lo dejara con la mano extendida. "Algo no anda bien. ¿Estará extrañado porque abandono la oficina cuando estoy hasta la madre de estar encerrado? ¿Sus finanzas no andan bien y yo soy el pendejo que pago los platos rotos?". Siguió haciéndose preguntas hasta que dieron las tres y media, que era la hora para ir a comer. En estos tres meses que trabajaba en la agencia había ubicado un restaurante sencillo, limpio y barato, donde comía y luego del postre pasaba una hora más oyendo música en su *walkman* y con sus audífonos, sin hacer otra cosa que oír música, con la complacencia de la dueña del lugar, quien sabía que a las cinco de la tarde ya no había ni moscas en su comedero.

Todo mundo comenta

El día de la cita Cupertino pasó a la oficina de Othón, quien se sorprendió al verlo. Salieron juntos. Esta vez un chofer, en una camioneta Land Rover blindada, los llevó a un restaurante donde se dedicaron a comer y a conversar sin entrar en profundidades. Evitaron hablar de trabajo. En la mente del empresario se debatían las palabras y las razones. "¿Cómo decirle que todo mundo comenta —Se acordó de la música del film *Vaquero de media noche.*— que ven un comportamiento extraño en sus salidas a la calle, donde merodea por estanquillos de revistas, camina por los pasillos de las librerías, cruza tres palabras con los que atienden la sección de música? ¿Cómo decirle que esa no es actitud de un ejecutivo que tiene un horario de trabajo y que abandona en *graciosa huida*?"

—Otro jaibol, por favor, con solamente dos hielos —cortó su deliberación.

—Igual a mí, por favor —dijo Othón, tomando lo que quedaba en su vaso.

Fastidiado de la conversación intrascendente, Cupertino abrió fuego. Othón algo temía. En su interior, como de costumbre, había un prurito. No había olvidado lo esquivo de su amigo el día en que lo dejó helado con la mano extendida. Se había terminado el diálogo de vacuidades. Ya no podía posponer el tema de las expediciones, y pensó además que comentar el asunto en el departamento de Othón no sería lo mismo. También dudó un poco antes de lanzar la primera pregunta. "¿No estaré exagerando? Si cumple con los objetivos, ¿qué me importa que salga y se distraiga una o dos horas?" Ya tenía preparado el inicio del interrogatorio.

—Othón, ¿cómo te has sentido en los últimos días?

—Bien, perfectamente. —Se hizo un breve silencio. —¿O tú cómo me ves? ¿Crees que algo me sucede?

—Bueno, la verdad es que ha sido extraña tu actitud un poco… evasiva, diría yo. Esas salidas a ninguna parte en el horario de trabajo.

—¿A ninguna parte? —pregunto turbado.

—Perdón que te lo diga, y no quiero decirte que te han vigilado, pero en las últimas dos semanas no ha habido día en que no te desaparezcas…

—¿Desaparezcas? —interrumpió Othón, tratando de ocultar aquella contrariedad tan inusual, que esta vez empezaba a tomar forma.

—Bueno… si en algo te puedo ayudar o existe alguna razón… —cambió el tono, al percatarse de que era incómoda la inquisición.

—Estoy perfectamente. Me siento absolutamente normal, y sí… he salido a tomar un poco de aire. Estar encerrado en la caja de cristal todo el tiempo no me permite ni respirar.

—Está bien, Othón… Si crees que pueda hacer algo más por ti, me dices. —Hasta ese momento Cupertino se dio cuenta de que no tenía sentido estarse inquietando con una insignificancia. El tono de su voz se había suavizado. Lo que en el fondo le preocupaba era que el asunto se convirtiera en tema de conversación en los corrillos de la agencia. Y que su amigo estuviera teniendo un asomo a ese mundo de su frecuente inestabilidad. —¿Cómo te sientes para ir a tomar una copa, y me muestras tu departamento?

—Claro… por supuesto. Vamos.

Pidieron la cuenta. El apetito se había modificado. Cupertino sintió deseo. A Othón, en cambio, le pareció rutinario. Incluso, como era su costumbre, cenó muy poco, dejando a medias los platillos.

La Land Rover se deslizó como una ligerísima pluma por las calles, hasta llegar al conjunto habitacional de Copilco. La comodidad del auto y las bebidas que habían tomado en la sobremesa los dejó unos minutos dormidos. Los despertó el chofer.

—¿De verdad tienes ganas de tomar una copa más, Othón?

—Sí, salvo que tú no quieras. Me da lo mismo.

"Siempre le da lo mismo", pensó Cupertino, mientras bajaba. El deseo sexual había decaído. De hecho, fue lo primero que conversaron ya dentro del departamento.

—¡Está bastante digno y confortable! —exclamó Cupertino. Se escuchó sincero. Othón había dejado prendidas dos lámparas de manera estratégica para que lucieran los dos únicos grabados que tenía colgados en los muros de la sala.

—La verdad no necesito más —se oyó espontáneo y congruente.

El anfitrión sirvió dos tragos de Johnny Walker etiqueta azul y se sentaron en los amplios sillones, porque ya el sofá no había entrado en los planes del nuevo mobiliario, para no tener la tentación de quedarse echado y perderse el sueño reparador en su cama.

Cupertino seguía tentado a tocar temas incómodos.

—¿Te confieso algo…? —dejó en el aire la pregunta, pero a modo de advertencia de lo que vendría.

Tan impertinente

—Cuando trabajabas en el banco, aquí en el DF, hace años —soltó Cupertino lo que quizá venía reflexionando en los últimos días— me parecías muy atractivo, a pesar de que tu aspecto era más bien de un osezno bastante crecido.

—¿Y...? —Othón puso los brazos en jarras, como desafiando a su amigo a que terminara su perorata inesperada.

—No has cambiado mucho físicamente, pero creo que has perdido tu... *sex apeal*, por decirlo de alguna manera.

Othón sonreía.

—¡Antes me excitaba tanto acercarme a ti, a tu personalidad! Era como un desafío seducirte... Me producía ansiedad... curiosidad. Eras enigmático, sensual... sensible, sensitivo —trataba de encontrar las palabras para describirlo. Othón le ayudó:

—¡Cachondo! Ja, ja... y ¿ahora?

—Eras impredecible; hoy eres tedioso, repetitivo, monótono, y un tanto... oscuro, sería la palabra.

—Mira qué bien que me descubres ahora. Refuerzas mi autoestima, me conmueve hasta el llanto tu retrato —se burlaba Othón.

—Te confieso que he perdido aquel deseo por ti, pero te quiero decir que te respeto y te tengo afecto... cariño.

—No te preocupes, Cupertino, a mí me pasa lo mismo contigo, así que estamos igualados.

—Y lo peor de todo —el empresario llegó a donde quería— te has vuelto, no enigmático, sino extraño, voluble, volátil... No encuentro las palabras.

Esta vez, quizá por única ocasión en su vida, Othón tomó la iniciativa. Tomó a su amigo y jefe por el cuello y lo atrajo, lo atrapó en un prolongado beso que los hizo hervir. Se desvistieron y terminaron en el piso. La alfombra era demasiado pequeña, por lo que sus cuerpos quedaron fuera de ella, desparramados en un suelo frío. Avanzada la sesión, Cupertino estaba tan sorprendido, tan encendido… Se incorporó y sirvió otro trago de whiskey. Como fondo, el saxofón tenor de John Coltrane había acompañado los escarceos.

Consumado el acto sexual, el millonario se vistió, se puso su abrigo y apenas se despidió. Othón abrió la cortina y vio cómo subía su amigo del lado del copiloto a la Land Rover, cuyo conductor había aguardado, como solía hacerlo en estos casos en los que, pensaba, "el señor se daba su revolcadita".

Esa noche fue la última vez que se encontraron sexualmente. Othón lo recordaría años después durante sus caminatas, ensimismado, por los húmedos pasillos que lo llevaban a su celda.

A la mañana siguiente, Othón llegó más temprano que de costumbre a su caja de cristal. Sacó papeles de su escritorio y los puso en su portafolios. Salió sin despedirse. El dueño de la agencia se enteraría ya entrada la mañana. Sorprendido, envió a que lo buscaran. Jamás lo encontraron. Años después recordarían esta fuga tan precipitada, esta decisión berrinchuda e infantil. Cupertino se arrepentiría durante mucho tiempo por haber herido a su amigo con ese discurso tan torpe, tan innecesario, tan impertinente, entre irónico e hiriente.

VARIACIONES SOBRE UN MISMO TEMA

Volver a empezar

"Bueno, pues… volver a empezar", pensó Othón, contemplando los papeles sin ninguna importancia que había sacado de su oficina. Con los codos encima del escritorio que había adquirido en una tienda de antigüedades, y las manos en los mofletes, despeinado, con los tirantes colgando, en camiseta sin mangas, meditaba un poco sobre los acontecimientos de los últimos días.

No había querido volver a la oficina y, como había ocurrido otras veces, el teléfono de su departamento había estado sonando, en clara señal de que lo buscaban. Nunca, como era habitual, lo descolgó. Llegaron varias veces algunas personas en su busca. Uno de ellos dejó un mensaje que no abrió. Sabía de quién se trataba y supuso lo que decía. Lo rompió en cuanto lo recogió de debajo de su puerta.

Salió al supermercado a comprar víveres, temiendo encontrarse a algún enviado por la agencia. Compró lo indispensable. A su regreso, luego de poner los comestibles en la alacena y refrigerador, abrió un sobre con su estado de cuenta del banco. Se percató de que tenía una respetable cantidad de dinero. No sabía en realidad cuánto tenía ahorrado, ni había interés de su parte en conocer el monto de lo que le habían depositado durante años. Con su tarjeta compraba y sacaba dinero del cajero automático, y nunca le preguntó a éste cuál era su saldo. Con ese dinero podía comprar una casa o mandar a hacer una a su gusto. Eso le dio una ligera sensación de seguridad, de confort. Vinieron a su mente cualquier cantidad de imágenes y posibilidades. Por un momento recordó la fábula de *La lechera*. Cuando llegó a la moraleja donde recomienda su autor: "No anheles impaciente el bien futuro, mira que ni el presente está seguro", guardó su estado de cuenta dentro de un libro que nunca más abriría, y no quiso especular más.

Permaneció dos días completos mirando al exterior, algo así como Bartleby, el escribiente, ese curioso y extraño personaje de Melville del cual era un reflejo en ciertas circunstancias, a través de la ventana. El panorama no podía ser mejor. Los dos volcanes en el invierno no tienen el obstáculo del smog, aparecen como un paisaje de tercera dimensión, como una pintura vívida de José María Velasco, como un remanso para una conciencia que, si bien no gozaba de tranquilidad, tampoco de un desasosiego permanente.

El ocio absoluto le parecía una plataforma segura para caer en la depresión, así que lo evitaba, aunque tampoco sentía muy claro cuándo estaba deprimido. A diferencia de Bartleby, Othón prefería hacer algo más que dejar de hacer, así que sólo miraba por la ventana a ratos. No concentraba su atención en el paisaje exterior, ni siquiera miraba a su paisaje interior. Cuando se sumergía en pensamientos íntimos, cuanto más profundos más desoladores, rehusaba entrar a inspeccionar su alma, porque encontraba sólo el vacío, el vacío solo, una página en blanco.

Le aterraba un poco esa sensación de asomarse al pozo lo suficiente para no intentarlo. Así que prefería mejor tomar un libro (A pesar de tener miles de ellos releía una novela de Pío Baroja, *El árbol de la ciencia*, o *El extranjero*, de Albert Camus.) o poner un disco de cantos gregorianos. En ese momento se acordó de que había comprado dos ejemplares de *El anillo de los nibelungos* de Wagner. El suyo estaba ahí, en el mismo mueble donde lo había dejado días atrás. Lo abrió con cuidado y lo puso sobre la tornamesa. Prefería oír los acetatos a los CDs.

Su interior estaba de nuevo en estado neutro. No le inquietaba nada. En ningún momento la angustia o la zozobra se apoderaban de él, pero tampoco había una luz de optimismo ni serenidad. Era tal su estado nulo que no se inmutó ni en aquella ocasión en que se enteró, por una nota del periódico, de su propia muerte.

Se quedó dormido y soñó con el dios Odín, paseando por el país de los gigantes. Había preferido no poner un sofá en la sala para no quedarse dormido, pero esta vez cabeceó en el sillón, hasta que su ronquido lo despertó. Al incorporarse fue a apagar el tocadiscos, se desnudó, se puso un cobertor de plumas de ganso encima y quedó profundamente dormido. En sus sueños volvieron a aparecer su hermano y amigos de la infancia y juventud, se hizo presente una cuenta fabulosa de banco y pensó invertir en comprar un castillo con vista a un acantilado, en construir un monasterio como la abadía de Montecassino. A pesar de que en su recámara se sentía un frío invernal, sudó al final de sus sueños. Estaba cerca de un largo viaje.

Un ataque de resentimiento

Si bien no se había ocupado de recordar el incidente de la noche que lo visitó Cupertino, de sus palabras, que le parecieron ofensivas pero ridículas, le dedicó un breve monólogo interior: "¿No habré sido demasiado quisquilloso? ¿Qué tal si estaba bromeando? Si realmente hubiera estado tan molesto, no hubiera practicado sexo con tanto gusto. Se notó complacido aunque no quiso pasar la noche aquí. Debe estar muy desconcertado, pero ya no importa. Es una decisión tomada y la oportunidad para cerrar un ciclo y abrir otro, pero, ¿hacia dónde ir? ¿Qué hacer? No voy a estar mirando los volcanes todo el puto día. Esta vez me fastidié más pronto, parece que voy por un récord de inestabilidad laboral. Voy a esperar; saldrá algo interesante".

Fueron estos días lo más parecido a la depresión. Se asomó a ese pozo que eventualmente le turbaba, el de las profundidades de su ego, ese fétido hoyo al final del camino, bifurcado por esas señales confusas que lo llevaban a sinuosos y leves sentimientos entre la impavidez y la indiferencia. No quiso ni ver hacia abajo, donde las ondas tortuosas se hacían oleajes que se estrellaban con las rocas. Se quedó contemplando sólo el borde del hoyo; no se atrevió a bajar por el escabroso camino descendente. No quiso dar un paso en el socavón de los sentimientos en conflicto, de las sensaciones indeterminadas o imprecisas. Prefirió ver por encima de la fosa. En esa fantasía, en esa ensoñación quedó atrapado durante varias horas. Recordó los sueños de la noche anterior y volvió a transpirar copiosamente; su camisa estaba manchada de sudor. Se la quitó y se vio en el espejo. Esta vez no guiñó un ojo y sí miró la fabulosa libélula de oro con incrustaciones de diamantes, la desabrochó y, mirándola detenidamente, arrobado por su belleza, decidió guardarla en una caja donde tenía relojes y otras cadenas de oro. La asociaba con Cupertino y, por ahora, no quería saber nada de él, aunque tenía sospechas de que estaba exagerando su resentimiento.

Ni apetito, ni sueño, ni ocio ni trabajo, ni soledad ni melancolía. Ni energía ni cansancio. El estado neutro, el punto muerto por excelencia. Algo no andaba bien. De eso eventualmente tenía conciencia. No podía pasar mucho tiempo así. Buscó en el directorio. Cerró los ojos cuando encontró "Psiquiatras" y, con su dedo, recorrió la sección hasta que se detuvo al azar en uno de ellos. En el directorio que había dejado en su anterior casa, había doblado una página con ese apartado. Quería decir que sólo lo hizo para acordarse de que alguna vez tendría la necesidad de hacerlo. Había llegado el momento. Llamó para hacer una cita. Le preguntaron si era una emergencia, un estado de crisis o podía esperar. "Las tres cosas, señorita". Lo programaron para seis días después. "Si fuera una emergencia, me suicido, si fuera una crisis también, menos mal que todavía no tengo ninguna de esas razones. Esperaré", pensó y regresó a la ventana a mirar los volcanes que ya se estaban despoblando de su corona de nieve.

Un extraño paciente

Enmudeció frente al analista. El terapeuta era un hombre maduro, de formación ortodoxa, práctico y hábil en obtener aquella información que los pacientes se resistían a ofrecer. Othón se acomodó en el diván. Le pidió al analista autorización para no recostarse, porque normalmente en estos muebles le vencía el sueño. El médico sonrió y miró el formato que había llenado. El paciente se quedó sentado, pero tuvo un vacío temporal en su memoria.

Frente al psiquiatra no supo decir las razones de la consulta. En la primera sesión fue casi imposible reunir datos para detectar un problema de conducta, una anormalidad en la personalidad, una desviación susceptible de ser corregida. Le encargó una tarea para la siguiente sesión. Ésta primera no la pagó el paciente porque, a pesar de la experiencia del analista, poco o nada pudo lograr, y el silencio de Othón más bien le hizo creer que o estaba muy trastornado o tan cuerdo que sólo había querido experimentar estar al lado de un Freud moderno, quien, con su pipa encendida con un soplido y su ceja arqueada, escuchaba atento y curioso la confesión de los perturbados.

El vacío en la memoria se había prolongado hasta algunas horas después de salir del psiquiatra. Ni siquiera subió a su carro. Deambuló un buen rato por un jardín cercano al consultorio del doctor Pascual Vidal. Recobró la conciencia y, sin quitarse el saco, a pesar de un ligero calor primaveral, abordó su auto, despabilándose, como si hubiera regresado de un pesado sueño. Pascual Vidal había hecho un trabajo de hipnosis y se le olvidó devolver a su realidad a un paciente negado a abrir la boca.

En la siguiente sesión Othón Hoyos Pimentel anotó su nombre en la libreta de la asistente del doctor Vidal. Tomó asiento y movió los pulgares de sus manos entrelazadas sobre su vientre. Hojeó una revista y se aburrió pronto. La lanzó como si fuera un juego de feria. Atinó a ponerla sobre el revistero. Al cabo de unos minutos, la asistente, que no lo había dejado de observar por encima de sus lentes, lo hizo pasar.

—Othón, buenas tardes. Qué gusto verlo de nuevo. Hasta llegué a pensar que no volvería —dijo Vidal dándose cuenta de que no había sido prudente su saludo.

—¿Por qué razón dejaría de venir? —contestó Othón.

—A ver, dígame si cumplió su tarea.

—¿Tarea? No sé de qué me habla…

—Bien, comencemos desde el principio. ¿Mi asistente le debió recordar su cita? —Era parte del protocolo para saber si estaba ubicado en la realidad inmediata.

—Sí, claro…

—¿Ahora sí podrá decirme en qué lo puedo apoyar?

—¿Apoyar? ¿De qué me habla? —Ahora el que enmudeció fue el psiquiatra.

No fue fácil la entrevista. Más que una confesión, aquella era una confusión. La experiencia de Vidal fue definitiva para extraer algunos datos importantes. Por más que trataba de hurgar, no logró desenterrar algo verdaderamente significativo: una infancia como la de cualquier niño, una juventud de un alumno estudioso y responsable, una experiencia como marido y como padre, una vida laboral con altibajos, pero nada fuera de lo normal. "¿A qué ha venido este hombre? Es un ser anodino, enemigo del goce pero también del dolor. No tiene enfermedades del alma, no tiene experiencias traumáticas. Su homosexualidad es consciente y aceptada. Su ánimo es inalterable.

Gusta de la música clásica. No tiene inclinaciones perversas; le gusta estar solo, lo cual es normal. El sexo le es indiferente, los amigos le son ajenos, duerme bien, se alimenta cuando tiene hambre, casi no tiene hambre, no conoce de las pasiones ni tiene rencores feroces. Es un ser anodino, un individuo solitario, despojado de sentidos e intereses vitales". La reflexión del psiquiatra se convirtió en su diagnóstico. Platicaron al final un poco. Othón se mostraba desganado y preguntándose qué diablos hacía ahí. Confesó que sus salidas de la caja de cristal habían sido a unas librerías que se encontraban por el rumbo. En una de ellas, comentó, había conocido al dueño, un sirio de apellido Yazbek.

—¡Claro! Lo conozco, es amigo mío. ¿Desea que lo recomiende con él para ocupar una plaza de promotor en su librería? Digo, si no tiene inconveniente… dado su currículum tan interesante.

—Sí, está bien. Pero que sea en la sección de discos. Soy más melómano que lector.

—En este momento lo llamo. —Por el interfón pidió a su secretaria que lo comunicara con Hilario Yazbek.

Othón fue testigo del diálogo. "Qué curioso y qué coincidencia; el mundo es pequeño. Suena a lugar común, pero en este caso se confirma el dicho", pensaba.

—Ya está, amigo, el próximo lunes lo espera mi amigo Hilario. Justamente necesita a alguien que lo apoye en la sección de música de una librería que acaba de abrir.

—Le agradezco, doctor. No puedo pagarle su atención.

—Con que me pague la consulta es suficiente. Cuando se le ofrezca estoy a sus órdenes —le entregó una tarjeta.

—Seguro, doctor. —Sacó su cartera.

—Con la secretaria, por favor. —Le doy mi número personal para cuando lo necesite.

Cuando Othón cerró la puerta y se despidió, el médico escribió una nota:

> Sin ser un cuadro claramente indicativo de una patología determinada, el sujeto OHP presenta una especie de abulia, entendida ésta como la falta de voluntad o iniciativa y de energía. Aunque tampoco se puede asegurar que estos sean síntomas del paciente, todo indica que padece esporádicamente algunos indicios relativos a los trastornos de disminución de la motivación.

Siendo que su paciente apenas había tenido dos sesiones con el médico, y en la primera de ellas mostró signos de una confusión que lo dejó paralizado en el habla, siguió redactando su ficha:

> Este tipo de perturbación de la personalidad está en el medio del espectro de los trastornos provocados por la motivación disminuida. La apatía podría ser su forma más clara y menos grave. Sin embargo, existe la posibilidad de que en algún momento presente signos de mutismo acinético. Lo más serio que se le puede diagnosticar es un cuadro relacionado con la enfermedad de Blocq, es decir una especie de absia o astasia-abasia.
>
> El término suele aplicarse a ciertos estados transitorios de inadaptación, como pueden ser los estados de indecisión, inercia, pereza, inestabilidad laboral, falta de atención

Fuera de esa ficha técnica que cerraba por ahora su expediente, el médico se quedó pensando: "Me ha simpatizado y llamado la atención este hombre regordete, ambivalente, confundido, metido en un laberinto existencial sin salida y, al mismo tiempo, ignorante de que está dentro de él. Lo he notado indescifrable, híbrido, inaprensible, involuntariamente evasivo y voluntariamente inconsciente. Inclasificable, aunque acaso exista un adjetivo, una clasificación, menos que una enfermedad: anhedonia social, lo cual sí es más delicado que una simple abulia. No es común detectar un mal con estas expresiones en el límite de la ambivalencia. Cierto que ningún paciente es común, ninguno es igual a otro, no hay perturbación que sea idéntica pero éste en especial es un tipo para quien la felicidad es un estado inalcanzable o de poca importancia… ha sido un extraño paciente".

DISONANCIAS COMO FONDO DE LAS CONVERSACIONES EN EL ÁGORA

…y se hizo un experto

Ningún trabajo le costó a Othón entrevistarse con quien anteriormente, en alguna de sus fugas inexplicables de la caja de cristal, había establecido cierta relación. Hilario Yazbek era propietario de dos librerías en el sur de la ciudad y aprovechó el boom de los discos compactos para comprar lotes importantes de grabaciones europeas y norteamericanas. Las adquiría en un precio y su ganancia era tres veces el valor de la mercancía.

En una de sus eventuales salidas de la agencia de autos, Othón subió al tapanco donde estaba el que se decía gerente del establecimiento. En realidad, Hilario era el dueño pero debía aparentar ser empleado de alguien desconocido, hasta que su parapeto provocó ciertas suspicacias, sólo de sus empleados y clientes, porque fiscalmente todo estaba en orden.

De inmediato hubo una empatía, podría decirse excepcional, entre ambos. El gusto por la música "culta" fue el mayor motivo de enlace. La confianza que le dio Yazbek al señor Hoyos (ya no era más licenciado) fue casi fraterna e incondicional. Le otorgó la sección de música de la librería que se acababa de inaugurar en la calle de Insurgentes, frente al teatro del mismo nombre.

Los plásticos de los discos de acetato todavía olían a nuevo. Recorrió todos los estantes y revisó una a una las existencias. En unas horas ya conocía todo el inventario y dónde estaban las piezas. Quien había hecho la clasificación había sido muy conocedor y profesional. Sería su colaborador. Se llamaba Urbano. Othón y él iniciaron una amistad que trascendía las horas de trabajo. Se relevaban para salir a comer y, en las noches, cuando se bajaba la cortina de *El Ágora*, se iban a cenar, por lo regular algo sencillo: tacos de carne de res o una o dos quesadillas con champiñones o flor de calabaza.

Urbano era homosexual, pero entre ambos nunca hubo encuentros y no siempre salían a cenar. Tenían una buena relación y, en más de una ocasión, Othón invitó a Urbano a tomar algo en su casa. Nunca con intención de practicar sexo. En realidad Urbano era un gran conocedor de música clásica y más bien ese era el objeto de que Othón conversara con él dentro y fuera de su trabajo. El señor Hoyos se convirtió en un especialista, lo cual demostraba que aquello a lo que se dedicaba lo hacía bien; se cultivaba, se perfeccionaba y daba resultados. En este caso, de melómano había pasado a ser un experto.

Algunos escritores conocidos y otros muy reconocidos iban a la librería a curiosear novedades bibliográficas o en busca de ciertos títulos. Yazbek los reconocía y bajaba de su tapanco a saludarlos. Aprovechaba para presentarles a Othón, quien de inmediato proyectaba empatía e interés sobre cuestiones musicales.

Así conoció a escritores como Rubén Bonifaz Nuño, clasicista y vital, Salvador Elizondo, insociable y oscuro; Juan García Ponce, demasiado serio pero no tanto, a pesar de moverse en silla de ruedas; Juan Rulfo, introvertido y juguetón, aunque tenía fama de arisco; Gabriel García Márquez, inquisidor como niño y con una amplia sonrisa que se movía al ritmo de su bigote, o quizá mejor dicho, un grueso bigote que se movía al tiempo de su sonrisa. De casi todos escribió algunas notas, salvo de Bonifaz Nuño que no le dio tiempo de escribir porque lo embelesaba con historias de profunda raíz grecolatina y además porque el sabio humanista conocía de toda la música, de casi toda. Tenía entonces poco que intercambiar. Othón sólo lo escuchaba.

Discrepancia sobre la gráfica de un instante

Othón vio la oportunidad de empezar a escribir un diario. Se le antojó hacer una especie de memorias en cuanto se dio cuenta de que ciertas personalidades que frecuentaban *El Ágora* tenían siempre algo que contar. No iba a desperdiciar la oportunidad de registrar algunas conversaciones con estas figuras de las letras nacionales y universales. A partir de este momento ya no abandonaría una libreta de apuntes, que no era diario, porque sólo escribía cuando sentía que debía dejar algo en su memoria escrita, porque la otra era frágil, inconsistente. Aún años después, en su celda, tomaba la libreta y anotaba las sensaciones de la jornada.

Esto fue lo que escribió sobre Salvador Elizondo: "Él llegaba directo a donde estaban los discos compactos. Era obsesivo, brillante y hosco. No gustaba de la conversación, y menos cuando traía aliento alcohólico. Le daba pena que uno se diera cuenta de que el día anterior, o esa misma mañana hubiera bebido. Estaba casado con Paulina Lavista, hija del músico Raúl. Tenía entonces no sólo sensibilidad sino información vasta sobre géneros musicales, especialmente ópera y obra sinfónica. El suegro le daba largas sesiones de apreciación musical.

"Cuando menos una vez a la semana compraba un disco o dos. Sus autores variaban: desde un romántico Chopin hasta un complejo Arnold Schönberg, pasando por Wagner y Messian. Sobre Wagner conversamos y hasta discutimos varias veces. A mi pregunta de por qué le gustaba Schönberg, me dijo que por loco, por revolucionario, por incomprendido: 'siendo vienés, dijo, podría ser admirador de Strauss, pero prefirió la emancipación de la disonancia en lugar del aburguesamiento'.

"Elizondo era maniaco y talentoso. Sabía chino, sabía vestirse bien, sabía secretos del sexo y la tortura. Aún en el verano casi siempre usaba saco y pantalón gris de casimir. Cuando usaba su gabardina beige me imaginaba a Yves Montand. Era guapo y tenía una sonrisa enigmática. Sus facciones eran curiosas: su pelo negro, siempre finamente recortado, sus espejuelos eran como un antifaz que lo ocultaba de la gente, sus cejas grandes; inventando palabras, desafiando la retórica. Un hombre poco convencional. Casi no hablaba de sus obras.

"Tuve que leerlo para sostener una conversación con él, intentando atraparlo, porque por lo regular era breve y directo. En una ocasión menospreció groseramente mis puntos de vista. Casi me dice pendejo por darle una opinión sobre *Farabeuf*. Le dije que yo era escéptico sobre esa figura que describe en la fotografía de un moribundo, en ese instante terrible y enfermizo de tomar la imagen de un hombre que muere. '¿Usted qué sabe de eso? Se necesita un nivel espiritual y un conocimiento profundo para comprender ese momento. No es una metáfora. Es toda una filosofía'.

"Me parecía estrafalario y excesivamente europeizado, muy *snob*. Hablaba mucho de sexo, de un sexo extraño, del coito tortuoso, del displacer en el erotismo. Se hacía gracioso inventando posturas masoquistas de sodomía, adivinando mi homosexualidad, pero también hablaba de sus hijas; se preocupaba demasiado por ellas. No tenía por qué confiarme ese tema, pero siempre estaba atormentado y, en ocasiones, se mostraba con ansiedad por no saber de qué atormentarse. Yo en este tiempo no me preocupaba mayor cosa, porque dos atormentados juntos hacen un infierno. Nervioso, iba por los pasillos, hurgaba en los estantes de libros, compraba todos los estudios sobre Joyce y Kafka. 'Son para preparar mis clases', decía. El tipo era mucho pose, pero en el fondo era un hombre que sufría.

"Ha sido uno de mis mejores clientes. Sospecho que, aunque no perdía la elegancia, no le sobraba el dinero, pero siempre me dejaba propina y yo siempre la rechazaba, hasta que un día se molestó y tuve que aceptarla. Algunas veces discutimos, pero siempre salía ganando. No podía ganarle hablando de su obra, pero tampoco cuando comentábamos obras de los demás. Yo conocía bien a Wagner, pero él inventaba imágenes y tonalidades increíbles, inexistentes. Haberlo conocido fue una de mis mejores experiencias como empleado de la librería y discoteca. Podría haber sido una época dichosa, pero cuando empezaba a sentir el gusto por mi trabajo y la relación con estos personajes del mundo literario, me asaltaba un oscuro deseo de refugiarme en el sótano de mi mente".

Sus manos blancas sobre las rodillas

"Juan García Ponce no era tan asiduo a la discoteca. Lo veía llegar y no se dirigía a la sección de música. No le interesaba. Yo iba a él, y la primera vez creyó que le pediría un autógrafo. Luego yo iniciaba la conversación y él era amable. En mi caso francamente, con la esclerosis múltiple que Juan padecía, estaría de muy mal humor y no me animaría ni a salir de casa. Él se había habituado a aceptar la enfermedad, a convivir con ella. Yo lo veía tan jodido, con sus manos blancas e inmóviles sobre las rodillas del pantalón de pana, que me hacía sentir un superhombre. Cuando se alejaba con la persona que empujaba su silla, volvía yo a la realidad.

"Al igual que Elizondo, García Ponce pertenecía a la *Generación de la ruptura* o del *Medio siglo*, y un poco como aquél, era un tanto sórdido, pero sorprende su amor a la vida, su fuerza para no dejarse dominar por la enfermedad. Un día que buscaba una edición especial de Thomas Mann, lo intercepté para presentarle un disco de acetato de música instrumental (para nada le interesaba la música clásica). No le gustó. Con la mirada me pidió que me hiciera a un lado. No volví a buscarlo. Otro día él me buscó a mí, creo que pensando que había sido muy brusco y como pidiendo una disculpa. Me preguntó por el disco que le había mostrado. Se lo mostré: era uno de Luis Bonfá, su guitarra y un acompañamiento maravilloso. Lo compró. Yo quise corresponder diciendo que estaba leyendo *Inmaculada*, una de sus novelas (no era cierto). Fui muy atrevido, porque si me hubiera preguntado sobre el libro no hubiera tenido palabras. Sabía, porque en parte el propio escritor me lo había dicho, que era un autor en el que abundaban ciertas imágenes obscenas. 'Sí, debo reconocer, me confesó en cierta ocasión, que mi obra tiene cierta influencia de Bataille y de Musil, quienes tenían la obsesión del erotismo'. Le hubiera dicho eso, que me había parecido muy erótica, quizá le hubiera complacido. De todos los escritores que traté fue el más evasivo, quizá mañana estará en el infierno. No se lo deseo, pero creo que hizo muchos méritos para ganarlo… No, su infierno lo vivió con más de quince años padeciendo un mal del que salía sólo dictando a su secretaria un texto literario brillante, complicado, terrenal. Sólo con la literatura pudo sobrevivir este hombre atormentado".

El genio que parecía muy serio

"Conocer a Juan Rulfo ha sido de lo mejor que me ha sucedido en esta existencia tan rara. En la escuela preparatoria había leído sus dos obras. Luego releí *Pedro Páramo* en dos ocasiones. Me llamaba la atención el tempo de sus voces y sus silencios. Había en su obra una influencia musical, y lo comprobé en algunos diálogos con él, cuando hablábamos de música. En ese tiempo lo que me interesaba era vender discos, pero nunca me imaginé que tendría la oportunidad de conocer a escritores de esta talla. Cuando alguien lea estos escritos va a pensar que es parte de mis delirios, que estoy inventando estos acercamientos con personalidades de la literatura. El señor Yazbek y mi médico, al que seguí viendo eventualmente, podrán dar testimonio de que mis diálogos con ellos fueron reales.

"Rulfo caminaba muy despacio. Entraba a la librería e iba directo a la sección de discos. Saludaba con cortesía. Revisaba los discos de acetato, y le preguntaba si buscaba algo en especial. Me dijo que no, pero empezó a apartar algunos. No eran baratos y él tenía un modesto trabajo en el Instituto Nacional Indigenista. Me pedía un cenicero y no dejaba de fumar sus cigarros *Delicados* hasta quemarse los dedos. Uno tras otro. A la hora de pagar me dijo que si me gustaba lo que estaba comprando: Frescobaldi, Gabrielli y Palestrina. Por suerte conocía yo a Girolamo Frescobaldi y sobre los discos que compró me atreví a recomendarle un disco de piezas para órgano. El barroco de este italiano es sublime, pero no lo asociaba a la sonoridad de la obra del escritor. Aceptó mi sugerencia pero dijo: 'Este también lo llevo. ¿Y qué piensa de Gabrielli? ' 'Giovanni Gabrielli es un músico veneciano con cierta influencia religiosa. Con su música uno puede no ir a misa.

Escucharlo es como estar en una comunión del hombre con Dios', dije. Cuando escuchó esto movió repetidamente la cabeza hacia abajo en señal de aprobación. Desde esa vez, iba directamente conmigo y, antes de seleccionar, me pedía que le recomendara algún disco. Mientras le platicaba de otros músicos barrocos y medievales, salían a la conversación temas sobre su vida. Platicábamos largos minutos, hasta que mi contacto con el escritor sorprendió al propio dueño del establecimiento. El señor Yazbek, montado en su tapanco, me hacía una señal con la mano, pegando el índice y el pulgar, que yo interpretaba como un gesto de aprobación.

"Por cierto, un día me mandó llamar el dueño del establecimiento. Me dijo que estaba muy contento conmigo. Que los reportes de ventas de música eran muy favorables y que le sorprendía mi trato fácil con las personalidades que iban a la librería. Me comentó que le llamaría al doctor Vidal para agradecer que me hubiera recomendado y hasta me invitó un día a cenar. Pero no quiero desviarme… Estaba hablando de mis conversaciones con Juan Rulfo. Hacíamos un trueque: mis sugerencias musicales a cambio de sus experiencias personales. Mientras le recomendaba la obra de Heinrich Schütz (compositor alemán que vivió entre 1585 y 1672 y que alcanzó la gloria por sus composiciones *Canticos sacrae* y *Symphoniae sacrae*) al que Rulfo desconocía, él me platicaba que no todo había sido éxito en su vida, más aún que nunca lo buscó, aunque trabajó en serio para lograr un estilo, una voz. Me confió que Efrén Hernández, autor de 'un cuento perfecto' según Rulfo, *Tachas*, era su corrector. Con él pulía sus textos. Pero también hablaba de las experiencias de su vida: una cierta amargura por no haber podido inscribirse en la Universidad de Guadalajara, que estaba en huelga cuando intentó ingresar, sus viajes constantes como agente de ventas de una llantera, con su inseparable cámara fotográfica, recorriendo todo el país y capturando sus paisajes y sus gentes, y ahora ser 'un pequeño burócrata', feliz por hacer lo que le gustaba e infeliz porque todo el mundo a su alrededor le pedía, le exigía, que siguiera escribiendo (tenía veinte años de no escribir ni un recado). Ante esas presiones, prefirió el silencio y escuchar a Orlando de Lassus, Marc-Antoine Charpentier, Carlo Gesualdo y Perotinus o Perotin o, en francés, Pérotin le Grand, autor medieval. Cuando conoció a este músico del periodo gótico, gracias a una sugerencia mía, Rulfo se emocionó tanto que, al día siguiente, volvió a *El Ágora* y me dedicó una edición de Pedro Páramo encuadernada en piel.

"La dedicatoria decía 'Con agradecimiento, a Othón Hoyos, quien me acercó al paraíso cuando llegué a pensar que éste se ubicaba en el centro del absoluto silencio'. Estaba eufórico esa mañana, no tenía tufo de barrica, como otras veces. Estaba como reconciliado con la vida. Hasta me pidió de favor que jugáramos a que él fuera el vendedor de discos y yo estuviera a cierta distancia. No cabía en mi mente que un genio como él se divirtiera de esa manera, un hombre tan serio podía ser de pronto juguetón y exultante. Por unas horas fue el vendedor de *El Ágora*. Fue el hombre más feliz, aunque sólo haya vendido un disco. Cuando llevó al cliente a la caja, todos los empleados aplaudieron ante el desconcierto del comprador y del propio Rulfo.

"¡Estaba tan agradecido de que lo hubiera introducido a un campo por donde no había viajado, aunque había escuchado algunas de las notas polifónicas. Reconozco que tuve que estudiar y pedir que nos proveyeran material para que el escritor tuviera acceso a ejemplos de la música antigua en un tiempo en que sólo dominaba en México el gusto por la música sinfónica y algunos se atrevían a escuchar música barroca. Rulfo no renunció a Beethoven, que por mucho tiempo fue su favorito, pero su acercamiento a la Escuela de Notre Dame y hasta la polifonía de la contrarreforma, me la debe a mí, modestamente.

"La fama de mis conocimientos musicales y el interés de conocer la librería llevaron a que otras personalidades se acercaran. El más sorprendente fue Gabriel García Márquez, a quien ni en sueños hubiese imaginado poder conocer y menos conversar y mucho menos que aprendiera de mí algunos conocimientos musicales".

Sin música no puede vivir

"El día que vi llegar a García Márquez a *El Ágora* por poco me da un infarto. No podía creer que el autor de *Cien años de soledad* estuviera ahí, ante mi vista, a unos metros de distancia. Había leído su célebre novela y también *La Hojarasca*. Entró directo al establecimiento y anduvo curioseando. Yazbek bajó de su tapanco, lo saludó y le dio la bienvenida a la librería, recién inaugurada, donde había una sección dedicada al autor colombiano. Lo invitó a inaugurarla, y de inmediato lo reconocieron varios clientes. Firmó algunos libros y pidió muy amablemente que lo dejaran continuar. Llegó a la sección de discos, lo saludé y le expresé mi sorpresa y admiración. Me contestó con una amplia sonrisa y una frase que no alcancé a escuchar bien. Le pregunté si buscaba algo en especial y sólo me dijo que quería curiosear. Entonces, buscando no ser fastidioso, le pregunté sobre sus gustos musicales. Contestó que todo: desde la cumbia, los Beatles, el bolero 'no el de Ravel… Bueno el de Ravel también', se sonrió. 'He aprendido a escuchar a los músicos como Stravinsky y Bartók. ¿Usted qué me recomienda?' Ahí empezó un acercamiento sólo interrumpido por sus viajes constantes y mi salida de la librería.

"Hablar con él era como hablar con los personajes de sus novelas y relatos. A cambio de sugerirle álbumes, llevábamos la conversación a que me platicara de sus tiempos de periodista, de los días difíciles en París, donde apenas tenía para pagar el departamento, de las lecturas de su novela magistral a un grupo de amigos en la Ciudad de México, cuando no estaba seguro de algunos personajes y ciertas imágenes fantasiosas, como el vuelo de Remedios, la fábrica de peces de José

Arcadio Buendía, la reiterada imagen de cuando los hijos del coronel conocieron el hielo y los malabares de Melquiades y el barco fantasma tierra adentro. Y hablábamos de música, de cómo nunca pudo escribir un bolero porque no podía 'en unas líneas atrapar todo el sentimiento que encierra un género musical que le era tan sencillo componer a mexicanos y cubanos'.

"Del bolero pasábamos a la música experimental. Sí, un giro de ciento ochenta grados, y pasando por los grandes compositores alemanes. García Márquez hablaba de las tres bes: Brahms, Bach y Beethoven. Hasta ahí llegaba su gusto, pero se interesó cuando le dije de Béla Bartók y que a otros escritores les había recomendado Schönberg. '¿Quién?', me preguntaba, y entonces lo introducía a ese mundo complejo de las notas de este músico revolucionario 'como los Beatles, ¿verdad? Esa sería la otra B, ¿no es cierto?' Y se reía con una amplia sonrisa, bajo un espeso bigote y un lunar abultado cerca de la mejilla. Gabo, como le decían sus amigos, era un romántico irremediable, un obsesivo compulsivo, un escritor que hablaba como si escribiera, con una facilidad para improvisar cuentos, como decir cualquier frase.

"Ha sido fascinante conocer a este literato extraordinario, gustoso de toda la música, de todos los géneros musicales, desde el vallenato hasta las notas discordantes y complicadas de la música experimental. Me hubiera encantado grabar mis diálogos con él. Quizá yo podría haber escrito uno o dos cuentos. De hecho García Márquez citaba lo imprescindible de la música con una anécdota que escribe en el relato *Ladrón de sábado*, donde el personaje, Hugo, que sólo roba los fines de semana, entra en una casa donde la dueña lo descubre in fraganti, y él con toda naturalidad y cinismo le pide que cocine para él, que saque el vino de la cava y que ponga algo de música para cenar, porque sin música no puede vivir".

Othón fue más o menos feliz mientras estuvo trabajando en la sección musical de *El Ágora*. Su interacción con personalidades del mundo intelectual lo enriqueció de tal modo que llegó a pensar que había finalmente encontrado su verdadero camino. Le pagaban por trabajar donde se sentía tan realizado. Había dado vuelta a las páginas de su experiencia como banquero, maestro universitario, director de una empresa de electrodomésticos y gerente de una agencia de automóviles. Ahora era un modesto vendedor de discos en una librería y discoteca, y eso lo hacía, por fin, moderadamente dichoso. Ahora sabía lo que era sentirse bienaventurado, satisfecho, henchido de pequeños sorbos de un espeso licor cuando escuchaba música y cuando la difundía entre los amantes de la armonía, de los tonos y los cánticos, del llamado sublime de la creación artística... pero, de pronto, un nuevo hoyo oscuro se abrió intempestivamente en su conciencia, como un socavón que se derrumbó súbitamente.

LARGO

La tregua

Habían pasado dos años de una rutina que no le agobiaba. Incluso iba a trabajar gratuitamente en sus días de descanso. En esos poco más de setecientos días nunca había tenido una falta ni un retardo. Era el primero en llegar y el último en salir. El cumplimiento de su trabajo le ganó admiración y respeto entre sus compañeros. El dueño del negocio le entregó un bono de éxito. Sin notarlo, su saldo en la cuenta bancaria crecía y tampoco le importaba. No compraba ropa y sólo iba al supermercado a abastecerse de los víveres básicos, que muchas veces se le echaban a perder. Su vida era monótona pero llevadera. No había sobresaltos ni emociones malas ni buenas. No se excitaba de ningún modo.

La única ocasión que faltó a su trabajo fue para atender a su hija Sofía, quien había viajado de Hermosillo a la capital para saludarlo. La recibió en el aeropuerto y la paseó por Chapultepec, donde se subieron a una lancha en el lago. Remaron al lado de los patos. La adolescente fue feliz en ese breve encuentro. A él le pareció parte de su rutina, un compromiso más que tenía que solventar. Apenas le hizo un cariño cuando la fue a dejar de nuevo al aeropuerto. En los dos días que estuvo en su departamento, la adolescente conversaba con poco entusiasmo y leía revistas, igual que su madre cuando estaba embarazada. "¿Embarazada?", se preguntó Othón si acaso ella había viajado a verlo para darle el anuncio. No hubo tal. Al despedirse, Sofía regaló a su padre una caja con tres pañuelos con las iniciales OHP. Desde ese día, Othón siempre cargó con uno de ellos en sus bolsillos, aun cuando estuvo en cautiverio.

Una mañana llamó a Urbano para decirle que no acudiría a trabajar, y que diera aviso a la secretaria del gerente. Ese fue el principio. Fue como un golpe misterioso que recibió en su cerebro. Se quedó paralizado, lleno de miedo, de dudas, de incertidumbre. De nuevo el temido hoyo negro en su mente, la caída vertiginosa e infinita. "¿Qué significa esto? ¿A qué se debe esta sensación de vacío? Hacía tiempo que no venía a mí esta sensación de incertidumbre absoluta, de desmoralización sin una causa-efecto visible".

El miedo se apoderó de Othón. Ya desconocía este vértigo descendente con el que se había familiarizado durante años. Se miró al espejo y trató de adivinar si había algo detrás del cristal, si un ser distinto a él lo miraba detrás de la capa plateada en la superficie de la luna del baño. Descubrió algunas nuevas arrugas, algunas canas, repitió la misma mueca de siempre para tener la certidumbre de que era él y no otro individuo. Entonces se arrepintió de no tener un sofá para relajarse, ni una alfombra lo suficientemente grande como para tirarse, y para que su cabeza y tronco dieran vueltas en el piso con el objeto de detener la caída.

Coincidió esta nueva alerta sísmica en la cabeza de Othón con el reencuentro propiciado por Cupertino, quien decidió a ir a su departamento, luego de dos años sin verse. Cuando el señor Hoyos supo por la mirilla que era su amigo dudó en abrirle. Finalmente, abrió la puerta. Se dieron un abrazo más bien frío, sin entusiasmo, sin recriminación. Othón esperaba un sermón, una breve reprimenda, una amonestación mínima por su fuga inexplicable. Nada. Cupertino se quitó la gabardina, una diferente a la que dos años antes se había puesto para despedirse luego de experimentar un sexo sin pasión, cuando ambos quedaron convencidos de que el licenciado en Economía era anorgásmico, ambiguo, insensible para las causas del cuerpo. Parecía no conocer ni el sufrimiento ni el placer. Ni dolor ni fruición.

Se actualizaron en un intercambio de frases superficiales. Othón le preguntó a su viejo amigo dónde podía invertir sus ahorros. Cupertino se asombró de la cantidad de dinero que había acumulado Othón en los últimos quince años de trabajo, sólo interrumpido por estos ataques de ansiedad social, de trastorno de personalidad cuyo origen no había detectado ni el propio psiquiatra que lo atendió. Sólo sentía la mordedura en su corazón. Cupertino le dio dos o tres opciones de inversión. Ninguna le satisfizo a Othón, que había dejado de leer el periódico y no sabía más nada de las variables del mercado bursátil, de los vaivenes de la moneda, de las tasas de interés… Había dejado de ser economista para ser un vendedor de discos. Aun así, tenía otras ideas sobre qué hacer con ese dinero… y si lo seguía dejando en el banco tampoco le importaba.

En esta visita ni una atención tuvo Othón para su amigo. No le ofreció ni un vaso de agua. Los dos permanecieron en unos sillones incómodos y charlaron con aquel lenguaje fáctico que tanto practicaban en algún tiempo, mientras Othón fumaba uno de sus largos cigarros importados. Para ambos la conclusión era que sólo habían pasado poco más de dos años sin darle vuelta a las hojas del calendario, como si se hubieran visto el día anterior. Ese encuentro fue en medio del principio de un nuevo ciclo para la vida de Othón, una tregua más llena de dilemas, titubeos e incertidumbres. Se despidieron esta vez de manera definitiva, porque pocas semanas después, antes de que Othón tomara una decisión que cambió su vida, el economista leyó en los periódicos que su amigo Cupertino había sido asesinado en un hotel de paso. La noticia tampoco lo impactó gran cosa. Vio la nota en un quiosco de periódicos, tomó un ejemplar, lo abrió y lo dobló de nuevo para regresarlo a su lugar.

Un alfilerazo apenas perceptible

Othón regresó a ver a su psiquiatra. Se quedó sentado como siempre, rehusándose a recostarse en el diván. Le parecía ridículo y anticuado. Le comentó cuán estable era su vida como vendedor de discos. Dos años se habían pasado como un trago de agua, ni dulce ni amarga, suficiente para saciar su sed. Todo iba bien hasta que se le apareció de nuevo esa serpiente que lo había seguido toda la vida, inoculándole el veneno de una desazón indescifrable.

El doctor Vidal fue a su expediente. Encontró dos hojas manuscritas con sospechas de una extraña enfermedad. No había medicamento para ese mal. ¿Cómo prevenirlo? En dos años un ataque, por ejemplo, el piquete del maligno escorpión no era visible ni frecuente. La vida material no le parecía plena, habría que buscar algún remedio que conciliara su gusto por la música pero que encontrara una paz en su alma tan desvalida, tan frágil, tan vulnerable. Al final, le pidió que hiciera ejercicios de respiración antes de dormir, al levantarse y antes de salir a la calle. Le aconsejó volver a su trabajo, reencontrarse con Urbano y con la vida cotidiana y laboral. No había por qué abandonarlo todo y encerrarse en una habitación llena de fantasmas, de toboganes que terminaban en un pantano del que era muy difícil salir.

Su paciente tomó nota. Esa noche respiró profundo varias veces. No hubo necesidad de tomarse un té para relajarse. Durmió plácidamente. A la mañana siguiente casi le dolió el pecho de las aspiraciones repetidas y exhalaciones lentas, con un fondo de suaves e intermitentes cascadas. Tomó la avenida de los Insurgentes y se dio cuenta de que siempre había conducido su auto sin voltear a las aceras ni ver a la gente. Siempre ensimismado en mirar al frente con el pensamiento en blanco. Si llovía, ponía el parabrisas y bajaba la velocidad, si hacía calor prefería abrir las ventanas del auto antes que poner el aire acondicionado. Sus movimientos eran mecánicos, impensados, reflejos. Así habían sido la mayoría de las veces que hacía el trayecto de su casa a *El Ágora*. Así había sido casi siempre que manejaba, salvo aquella vez en que le llamaron la atención las torres de Satélite.

Había faltado dos días a laborar. No buscó justificantes ni dio explicaciones a nadie. Lo más que hizo fue decirle a Urbano que le había dolido el estómago. El remedio estaba funcionando… a medias. Caminando con toda su anchurosa figura por los pasillos, sintió la pinchadura en su cerebro, como un alfilerazo apenas perceptible. Cerró los ojos. Salió a la calle a respirar porque ahora el aguijón venía acompañado de nausea. Urbano lo siguió de cerca. El veneno avanzó lentamente por sus venas, sólo sintió un calambre leve pero ya sabía a donde iba a desembocar ese río de sustancias tóxicas que contaminaba su conducta, que se manifestaba en una absoluta pesadumbre que luego se convertía en inmovilidad. Urbano se preocupó sólo de ver a su amigo desde lejos. No había dolor, ni sufrimiento. No existía ningún síntoma evidente. Sólo una desolación generalizada que Othón sentía pero de tal intensidad que llegaba a transmitir cuando le daba de manera poderosa, como en esta ocasión. Era una angustia que no tenía razón ni tampoco fin. Decidió volver a casa temprano.

Con un rosario en la mano

Buscó a la mañana siguiente al doctor Vidal. Era una emergencia. Su psiquiatra abrió un espacio en su agenda y lo recibió el mismo día. Othón parecía muy agotado, no había dormido durante la noche. El médico le preguntó si había hecho sus ejercicios de respiración. Lo amonestó suavemente al enterarse de que Othón ni lo había intentado. "Dejó que los fantasmas se apoderaran de él. Ni cómo ayudarlo", pensó Vidal. "Éste se coge solo, cogida de toro, porque de la otra, por lo visto no tiene madera".

Durante la consulta se abrió un largo silencio, como un abismo entre dos hileras de montañas, como una grieta milenaria que interrumpe la unión de dos inmensas rocas. Hasta que de pronto el médico contó una historia que tomó a ambos por sorpresa: "Mi padre, narró Vidal, viajó en un buque carguero con bandera de Noruega, huyendo de la guerra civil española. Solo, sin conocer a nadie, abordó el navío de polizón una noche en algún muelle español del que ni él se acordaba. Había corrido como endemoniado dos o tres días sin detenerse, aterrado de que los soldados de Franco lo abatieran en su huida". Othón escuchaba y no se atrevía a interrumpir el relato que parecía insensato en medio de su crisis. "Llegó al muelle y trepó como pudo al navío. No lo descubrieron en las bodegas hasta tres semanas después. Se había alimentado de sardinas españolas y quesos holandeses. El viaje duró tres meses, porque fue dejando y recogiendo mercancía de otros puertos. Hasta que llegaron a Veracruz. Mi padre pudo haber bajado en Cuba, pero en México se sentía más seguro, porque muchos de sus paisanos habían sido recibidos con amplia generosidad antes de que él se embarcara. Viajó como pudo a la Ciudad de México. Trabajó como animal en una fábrica de textiles. Cubría dos turnos. Era guapo, fornido, de rasgos suaves y manos laboriosas. Se enamoró de él la hija del dueño de la planta. Me ahorro la parte del escándalo familiar. Mis padres tuvieron cuatro hijos: una mujer y tres varones. Yo soy el menor. Mi hermana, que era la mayor, hizo su vida con un ingeniero bobo y simpático que todo el día contaba chistes, la mayoría inventados por él". A estas alturas Othón empezó a bostezar. "Después de la boda de Laura, mi hermana, el hombre fuerte y apuesto que era mi padre empezó a sentir dolores espantosos en su abdomen. Se revolcaba de dolor. Nunca he visto sufrir a un ser vivo como sufrió mi padre. La dolencia le duró unas semanas. Cuando le venía la crisis, se desmayaba por la intensidad de los retortijones. Se convulsionaba hasta perder el conocimiento. Los médicos le diagnosticaron cáncer. Nosotros éramos adolescentes. Sufrió toda la familia con su padecimiento. Mi madre y mis hermanos nos tomábamos de la mano cuando mi padre se revolvía en el piso, tomándose el vientre y gritando de manera desgarradora". Othón abrió los ojos. "El trauma nos duró varios años. Ver morir a mi padre de esa manera fue como si en nuestras vidas se hubiera abierto una herida terrible. Le pregunté a uno de sus médicos sobre alguna posible razón de ese cáncer. Cuando le hicieron la autopsia, su intestino y gran parte de su estómago estaban necrosados, carcomidos por células mortales, que devoraban a otras células mortales. El médico, en alguna conversación con mi padre, dedujo que su alimentación en el barco había sido la causa. La acidificación por los quesos y el plomo y otras sustancias de los alimentos enlatados hicieron un daño lento y silencioso que se manifestó muchos años más tarde. La única manera de soportar ese dolor fue para mi madre la oración, para mis hermanos entrar a un monasterio y para mí estudiar la mente humana. Por eso estoy aquí y, si me pregunta por mis hermanos, ellos están felices y se sienten bendecidos por Dios. Mi madre murió ya anciana con un rosario en la mano".

El llamado

Othón acabó de escuchar la confesión del médico. La terapia había consistido en oír una historia de verdadero dolor, de sufrimiento atroz. Regresó a su departamento sintiéndose mejor. El final del relato del psiquiatra había sido una enseñanza. Pensó que "no hay dolor que no pueda curarse por sí mismo o con la ayuda de un placebo, una mentira, un medicamento terrenal. Hay que buscar en el origen de las cosas, en las causas últimas, acercarse a Dios". Llegó a su casa, y prendió uno de sus largos cigarros blancos importados. Aspiró con cierto deleite, enviando el humo hacia su nariz. Se sirvió un whiskey en un vaso *old fashion* con dos hielos. Estuvo dando pequeños tragos. Respiró hondo varias veces, se quitó la ropa, la dobló sobre una silla y no hubo necesidad de buscar la lectura para dormirse por cansancio. Estaba relajado. Sabía que era una de las últimas noches que pasaría en su departamento.

Antes de cerrar los ojos pensó que escuchar esa historia de verdadero sufrimiento había movido un poco sus sentimientos. Sintió una sensación de confort por el dolor ajeno, afortunado de no padecerlo, de no ser testigo de semejante sufrimiento. Pensó en su padre. ¿Su padre? Tenía años de no recordarlo. Era rudo y firme, sin ser grosero era hosco. Prefirió no quedar dormido pensando en él. Cerró los ojos pero tuvo un sueño residual y sublime: su padre se apareció en forma del Dios barbado de la Capilla Sixtina, tendiéndole la mano. Se despertó con la imagen muy clara de ese hombre fuerte y poderoso, de pelo y barba larga y blanca que podría ser su Padre. La imagen se quedó como una huella profunda, imposible de deshacerse de ella, persiguiéndolo por horas. No era el retrato renacentista de la creación, sino que lo interpretaba como "el mensaje", el llamado a recogerse para encontrar una paz definitiva antes de la muerte. La disyuntiva era vivir abrazando a Dios como los ángeles pintados por Buonarroti, o morir. Así que ese mismo día hizo los preparativos suficientes para su retiro. No dijo nada a nadie. Simplemente tomó una maleta e hizo una transferencia bancaria. El resto de lo que hizo en las horas posteriores a la revelación, ha sido un misterio.

Los siguientes veinte años de su vida, Othón Hoyos Pimentel vivió enclaustrado en un monasterio benedictino. Ahí, a través de la lección divina, creyó encontrar finalmente el equilibrio, la armonía, la estabilidad; ahí tuvo la certeza de que se encontraría a sí mismo, que definitivamente su corazón, veleidoso como un papel sacudido por el viento, dejaría de ser presa de la zozobra, de la agitación sin causa, del torbellino que había experimentado en su pasajero e intermitente descenso a los infiernos.

Las notas en el Monasterio

Se sabe muy poco de este largo periodo que Othón vivió recluido en el Monasterio de San Benito, en una zona montañosa perteneciente al estado norteamericano de Colorado (condado de Pitkin, a veintinueve kilómetros de Aspen). Salvo por algunas notas que fueron encontradas en su celda y las cuales fueron recuperadas por Urbano algunos años después, se ignora cómo pudo lograr un equilibrio por un tiempo tan prolongado, cuando eran tan frecuentes los episodios de descontrol de su mente, que se venía al fondo de un abismo insondable y oscuro.

En ellas describía algunas de las jornadas de trabajo y oración, la vida diaria, detalles del lugar (un valle semiárido), las jornadas de los cantos sucesivos y las condiciones de austeridad en las que vivían él y los monjes, que no pasaban de una veintena.

Las pocas notas recuperadas y legibles estaban en desorden, pero Urbano se propuso darles una secuencia cronológica. Así, por ejemplo, detalla lo que se supone es uno de los primeros días de su voluntario cautiverio, luego de la aparición del hombre parecido al Dios de Miguel Ángel en la capilla vaticana.

"Llegué a este lugar por decisión propia, en busca de una vida que me procurara paz. No hay paz más clara y accesible que la que proporciona el contacto con Dios. Es a través de la oración y el trabajo como el ser humano se reconcilia consigo mismo y tiene contacto con el Señor, creador del Universo.

"Vengo con la plena convicción de entregar mi vida a la vocación monástica, que es básicamente contemplativa. Si antes pasaba horas viendo desde mi ventana el movimiento de los árboles y el tránsito de los vehículos, ahora mi contemplación es hacia mi interior, hacia Dios y las realidades celestiales".

Dejando un poco sus declaraciones de votos, que no dejan de ser interesantes, como esa afirmación que hace en el sentido de que "…la contemplación de Dios no quiere decir que nos desvinculemos de las cosas de los hombres, al contrario, pedimos a Dios que interceda por las necesidades de los individuos y los bendiga". Más adelante son reveladoras sus breves descripciones de la vida en el interior del monasterio, así como el procedimiento para ser aceptado.

"El mismo día que tuve la revelación hice una serie de llamadas telefónicas para informarme sobre la existencia de un monasterio. Opté por la orden de San Benito, porque los cantos gregorianos son mi pasión. Aun así, jamás imaginé que estaría destinado a un oratorio donde pudiera elevar mi espíritu sin necesidad de buscar en un aparato la respuesta a mis sentidos".

En una nota se lee: "No fue fácil el ingreso, pero mucho me sirvió llegar a pedir informes y entrevistarme con el abad, a quien ofrecí dos cosas: mi entrega absoluta a la oración y al trabajo, así como mis ahorros de toda la vida. Cuando el superior se enteró del monto que donaría al monasterio casi se desmaya. Al verme llegar, lejos estaba de imaginarse que haría semejante contribución. Me dijo que estaría a prueba un mes y, llegado el término, me concedió otro mes. Ya llevo aquí más de un año".

En otra anotación apunta en qué reside su responsabilidad: "Mi trabajo consiste en conducir la administración del monasterio, llevar la cuenta bancaria, cuidar los gastos, adquirir los insumos y contratar los detalles de mantenimiento: carpintería, plomería, limpieza, jardinería y fumigación, por ejemplo. Aunque la mayoría de los monjes hacen labores de esa naturaleza, hay especialidades que se tienen que contratar. Muchas veces tengo que ir en auto por los obreros calificados, porque el monasterio está lejos de cualquier comunidad".

Y sigue: "…para la marcha y el sustento del monasterio y de sus religiosos, debo tener todo en orden, pero no sólo eso, cumplo con la oración, la lectura y mi participación en el coro. Esto último me pone en un estado de éxtasis que no había experimentado antes. Alterno entonces tiempos de oración, de trabajo y de estudio. Todo ese conjunto me da fortaleza y equilibrio. Mi corazón está en paz, mi mente está tranquila, la cola del demonio no se asoma. Vivo apaciblemente y todo lo ofrezco a Dios, que me mira agradecido, yo creo que hasta sorprendido con mi pasión. Mi mente está en paz. Agradezco al doctor Vidal su velada sugerencia que se convirtió en revelación".

Otro apunte describe su celda: "Vivo en un cuarto de menos de veinte metros cuadrados, donde tengo un excusado, una repisa para poner mis libros y mi cuaderno de notas, un reclinatorio, un camastro, un crucifijo de madera que cuelga arriba de mi cama y otro más pequeño que está en mi repisa, al lado de una pequeña campana que se usa cuando uno desea ser auxiliado por otro monje en caso de ser necesario".

Y una más refiere su jornada cotidiana: "El primer día en el monasterio ya sabía lo que tenía que hacer. El abad me había presentado a los monjes, me dieron mi hábito, me condujo a mi celda y me bendijo. Recordé al doctor Vidal e hice mis ejercicios de respiración. Tomé mi crucifijo con toda sinceridad y oré. Luego me integré al rezo litúrgico con la comunidad. Cantamos en coro, alabando a Dios con salmos, himnos y cánticos. Seguí la letra en la partitura, fui muy discreto porque no sabía aún el tono de mi voz, no obstante que el Superior me hizo una prueba y la pasé con decoro.

"Antes de desayunar, muy temprano, lo primero que hacemos es cantar los Maitines, Vigilias u oficio de lectura; continuamos con las alabanzas de Laudes al principio de la mañana, proseguimos con las "horas menores" o intermedias de Tercia, Sexta y Nona. Luego, de manera muy solemne, al caer la tarde, cantamos las Vísperas, y antes de acostarnos volvemos a cantar. No podía estar en un lugar más adecuado. Reconfortada mi alma y alegrado mi espíritu. Es preciso anotar que no todo es canto. La celebración de la Santa Misa es el centro espiritual de la jornada y cada uno de nosotros dedica el tiempo necesario para su propia meditación, que se convierte en oración personal contemplativa".

Urbano no encontró demasiadas notas. La mayoría de ellas fueron de los primeros días de Othón en el monasterio. Hubo un gran vacío en sus escritos. Algunos corresponden a sus últimos días en el sagrado cautiverio. Según testimonios que el amigo pudo recoger, Othón estaba dedicado a la oración y no tenía tiempo de reposo, entre los varios cantos y tiempos para la meditación, debía hacer números y organizar administrativamente los claustros, la hospedería que atendía a visitantes y vigilar que no faltara nada en los servicios, así como rendir eventualmente cuentas al abad. Quienes lo trataron en este periodo, cuentan que una de las cosas que más disfrutaba era salir en la vieja pickup del monasterio y viajar a hacer las compras. Dicen quienes lo conocieron que se le veía feliz (era sólo la apariencia). En realidad su mente se ocupaba de cosas diferentes a las que debía hacer.

La punzada

Othón no estuvo un breve periodo en el monasterio. El abad había hecho un pronóstico: "Este hombre se retirará antes de que cumpla el mes, pero ni crea que le voy a devolver su dinero". Se equivocó. El economista que había transitado por eventuales trabajos que no le satisfacían del todo, cumplió veinte años en el monasterio, y bajó cuarenta kilos. Vio morir al abad que le dio la bienvenida, y a cinco monjes que, según sus notas, "…sin ser ancianos, han marchado para siempre por el camino de luz hacia el Señor". Las misas fúnebres de todos ellos fueron fiestas sublimes de coros celestiales, adoraciones con inciensos, llanto y oración en comunidad. "A las exequias del Superior", siguen diciendo las notas de Othón, "llegaron representantes de otros monasterios y colegios católicos. Menos mal que el jardín es enorme y tuve que contratar tres camiones grandes con sillas. Calculo que unas dos mil personas despidieron al santo al que vivo agradecido por confiar en mí, cuando no tenía por qué hacerlo, salvo por el costal de billetes que me abrió las puertas del bendito lugar".

A la hora de ordenar los manuscritos, Urbano dio con uno que era clave para descifrar el principio del misterio: "Dedicarme a la oración, lejos de parecerme una carga monótona, ha ocupado un significativo lugar en mi vida. Nunca lo imaginé. Un burócrata bancario, un vendedor de música grabada, un maestro de monólogos insulsos, dedicado a honrar las reglas de nuestro fundador. Tengo la convicción, inculcada por San Benito, de que Dios está presente en todas partes, pero de manera especial cuando asistimos al oficio divino, donde no sólo estamos en contacto con Él, sino que lo sentimos tan cerca que la piel se pone de gallina.

"Todo el día transcurre en la cercanía de Dios, en el trabajo, en la plegaria, en la alabanza, en el sueño conciliador. Cuando recibimos la Eucaristía sentimos verdaderamente que Dios entra a nuestros cuerpos y nos protege de todo mal, de todo pensamiento oscuro".

Al final de la nota, Urbano descubrió un indicio fatal: "Se trata de no desfallecer, aunque a veces tenemos, como seres humanos, tentaciones y debilidades. Luchamos contra ellas. Tratamos de alejarnos del mal… pero hoy, por ejemplo, sentí cómo llegaba a mí una oleada de pensamientos indeseables, en desarmonía con la paz que debe guiarnos a toda hora.

"No pude evitar esa presencia maligna. A pesar de que tomé el crucifijo y me concentré en lo más profundo de mi ser para conectarme con Dios, la cola del demonio me abrazó. Sentí ese vacío que otras veces se apoderaba de mí. Lo sentí como recorriendo todo mi cuerpo, milímetro a milímetro, mis venas, mis pensamientos. Fue como una punzada fatal. Me hundí. Hoy no pude salir de mi celda".

Othón no salió en veintitrés días de su celda. Hundido en las reflexiones que otras veces le atormentaban, fue considerado como enfermo. De nuevo la pulsión negativa se había introducido en su corazón, como cuando quedaba horas, días y semanas viendo por la ventana de su departamento, abandonando todo, desertando de sus obligaciones, perdiendo, en este caso, la mirada en su horizonte interior, porque el exterior estaba clausurado por los gruesos muros de la celda, impedidos sus ojos durante el encierro.

Era tan raro que se hubiera quedado casi inmóvil que llamaron a un médico de la ciudad más cercana. No pudo hacer un diagnóstico. Cuando lo visitó, el paciente sudaba copiosamente y deliraba. Un monje que practicaba exorcismos lo bendijo pero no reportó nada más allá de una alienación temporal, una depresión profunda, quizá hasta una pérdida momentánea de fe, para lo cual no había remedio alguno. Se descartaba posesión de satanás, pero dos semanas estuvo con el termómetro arriba de los cuarenta grados. Su vacío se había manifestado con vómitos y escalofríos.

A la tercera semana, para sorpresa de todos los monjes, se apareció en la Santa Misa, tomó la comunión, se incorporó muy débilmente al coro y su rezo comunitario era tan inaudible que parecía sólo abrir la boca.

A la cuarta semana se normalizó su conducta pero la herida de la mordedura del hastío no cicatrizaba. Caminaba por los pasillos orando, pero fuera de sí, perdido, rogando no estar ahí, suplicando a Dios que le diera la libertad y pidiendo perdón porque había defraudado, después de veinte años, sus votos de entrega absoluta a la oración y el trabajo.

Por los diversos testimonios recogidos en la investigación de Urbano, más motivado por terminar de armar el rompecabezas que por descifrar un misterio inextricable, por esos días llegó a hospedarse al monasterio una periodista llamada Maureen Speelman.

MORENDO

La huida

Maureen Speelman apareció un día en el monasterio de San Benito, en Colorado, para hacer un reportaje. Contó con la autorización del abad para que tuviera acceso como huésped. El monasterio tenía hasta diez celdas para visitantes. Maureen sólo se inscribió como huésped y pidió alojamiento por dos semanas. Era reportera de un diario de Boston. Le habían pedido una crónica sobre la vida de los benedictinos. Aceptó los protocolos y se integró a la vida monacal con las restricciones propias de su sexo y condición. Los huéspedes tenían una sección especial y las mujeres sólo tenían dos celdas, casi siempre desocupadas.

Maureen tenía treinta y dos años cuando llegó al monasterio. Era alegre, extrovertida, delgada, con lentes grandes que no ocultaban sus ojos azules; su pelo, ensortijado y corto. Le dieron un hábito blanco y se incorporó a las formalidades del día. Para los monjes era normal convivir con los huéspedes. Othón conversaba con ella en los jardines, en los pasillos se cruzaban y guardaban silencio, como indicaban las normas. Othón tenía más de sesenta años de edad, contaba con dos décadas en la vida monacal y ya podía ser el informante de la periodista.

Cuando el abad designó a Othón para atender a la periodista, el monje ya estaba recuperado de su crisis. Tuvo el presentimiento de que la mujer no venía a encerrarse a la oración, sino a averiguar la vida de los monjes benedictinos. Su ingreso a la abadía definió el rumbo de la inestable existencia de Othón Hoyos Pimentel. Establecieron una amistad luego de caminar juntos por los jardines. Los testimonios del monje fueron más una larga confesión que una narrativa de su experiencia en el monasterio.

Cumplido el tiempo convenido para su hospedaje, Maureen se despidió de Othón. Éste le pidió que no lo abandonara, que lo apoyara para huir con ella. Maureen se negó. Debía entregar su reportaje al diario para el que trabajaba, pero le dio una tarjeta con su dirección de Internet. El acceso a Internet estaba prohibido en el monasterio, pero Othón aprovechaba sus salidas para hacer las compras y se comunicó con la periodista varias veces. Uno de esos días ya no volvió al monasterio. Dejó en el limpia parabrisas de la vieja camioneta pickup un mensaje dirigido al abad. En él no se disculpaba, sólo anunciaba su retiro por problemas de salud y dejaba una nota con un legado. No hubo revuelo en la abadía. Nadie comentó nada. La vida del lugar continuó sin sobresaltos. Con una paz que se transmitía desde el coro hasta la cordillera en donde existía una diversidad de aves canoras sin igual en el mundo.

La periodista le envió dinero al banco que era bien conocido por Othón, puesto que ahí hacia todos los movimientos de la casa de la oración, sin que faltara jamás un centavo. El monje compró un boleto de tren para Wyoming, donde los padres de la reportera tenían una granja.

El cautiverio en la granja

En gran parte del trayecto de Aspen al condado donde vivía la familia Speelman, Othón cerró los ojos, no para intentar dormir, sino para recapitular ese camino que había recorrido desde su infancia. El recorrido hubiera parecido eterno, porque era una vía con una gran recta y sin escalas, hasta que serpentearon por las cordilleras, ya cerca de su destino. No pudo evitar que una lágrima se le escapara cuando pensó que su vida había sido un fracaso. Se arrepintió rápido. No podía dejarse atrapar por la melancolía, por un pensamiento de derrota. Dio rápidamente vuelta a la página, recordó el suave oleaje del verde pálido del mar en Tastiota, su juventud que fue como un soplo estudiando la carrera, solitario, sin hacer amigos, caminando de la escuela a su departamento, donde vivía solo, cuando sus padres le insistían en que se hiciera acompañar de alguien, la insistencia de un vecino que lo sedujo y lo llevó por el camino del gusto de practicar eventualmente el sexo con jóvenes, de preferencia que no fueran sus compañeros, porque quería conservar un absurdo sello de macho (luego renunciaría a esa etiqueta); las vacaciones en su natal Hermosillo, donde apenas tenía dos o tres amigos, alguno de los cuales gustaba de hacerle el sexo oral. En este caso, Othón sólo lo consentía, no había inducción ni deseo, nada más pasividad extrema. En algún momento, su vida tomó un rumbo extraño: no era un hombre dual, no oscilaba entre situaciones extremas ni sentimientos contradictorios. Una radiografía podía haber revelado que no tenía corazón, que su alma estaba vacía y que en su cerebro anidaba algo así como lo más parecido a la nada.

Un aire helado que se coló por la ventanilla del vagón lo regresó a la realidad. Era otoño y empezaba a calar el frío. Apenas llevaba un maletín y un inglés suficiente para comunicarse con cualquiera. Durante los momentos que abrió los ojos, vio un paisaje árido, las planicies secas, hileras de montañas a los lados, cerros cortados en los que trabajaban máquinas moviendo tierra y extrayendo minerales. Siempre había pensado que Wyoming era un territorio con grandes extensiones agrícolas, pero se encontró con inmensas llanuras que eran del color de la tierra amarilla y roja, sólo al lado de las montañas había pequeñas faldas verdosas. Llegó a la estación del condado y preguntó por la granja de los Speelman. Después de investigar un buen rato sin que le dieran algún informe, fue a la caseta de teléfonos y habló con Maureen. Aprovechó para decirle que había hecho el viaje sin contratiempos. Luego pidió a un taxi que lo llevara a la granja a cambio de cincuenta dólares que le pareció una fortuna.

La granja era un agradable espacio con sembradíos y vacas, en las faldas de una montaña poblada de grandes árboles. Los padres de la periodista fueron amables al darle la bienvenida. Othón ofreció trabajar para ellos, mientras llegara su hija. No fue así, se encerró la mayor parte del tiempo en un pequeño cuarto de visitas. Estuvo casi dos semanas aislado, sólo salía a comer algo ante la mirada desconcertada de los señores Speelman quienes suponían que estaba enfermo.

En su cuarto se colaba el aire frío que descendía de la montaña. Se puso un abrigo y se echó encima un cobertor. A la tercera semana se empezó a enfermar de gripe. Pidió hablar con Maureen, quien le dijo que todavía se tardaría un mes en llegar a la granja de sus padres. Othón decidió salir de su cautiverio. Preguntó a Mr. Speelman (un hombre fortachón y rubio, un poco menor que Othón pero mucho más vigoroso, con los abultados bigotes amarillos, como vikingo) en qué podía apoyar en las labores de la granja. El hombre le preguntó:

—¿Qué sabes hacer?

—Lo que me pida —dijo resuelto Othón.

—¡Eso es demasiado! —dijo el hombre sin picardía, más bien sorprendido.

—De verdad, algo puedo hacer un poco, y puedo aprender también.

—¿De verdad? —preguntó complacido Mr. Speelman— pues hay mucho qué hacer: cortar sorgo, poner melaza al alimento de las reses, ordeñar a las vacas, recolectar frutos, hacer conservas, etcétera.

—Donde usted me diga, pero que sea en el exterior. Si voy dentro seguiré estornudando.

—Mire, venga a la huerta y le diré qué hacer.

Othón trabajó con regular entusiasmo bajo la mirada curiosa de los señores Speelman, quienes lo seguían, no tanto para fiscalizarlo, sino intrigados por su pereza, por un desgano que se reflejaba en el corte parcial de los frutos, dejando una gran cantidad en árboles y arbustos. El "vikingo" tenía que dar una segunda vuelta para completar la cosecha.

Le urgía que llegara Maureen para planear el siguiente paso. No iba a vivir el resto de su existencia en esa granja. "Además ya tengo sesenta y tres años. Ya no puedo ni agacharme fácilmente… y no, ésta no es mi vida… Al monasterio ya no puedo regresar. Pero qué pendejo, ¿cómo me salí, si ya había conseguido la estabilidad? Estaba conciliado con la vida, había encontrado un camino y por fin sabía lo que era estar en paz. No me debo arrepentir pero no cabe duda de que soy un pendejo".

Una estrella les indicó el camino

Aquella mañana, en la mitad del año, con un extraño clima que iba a los extremos, con un viento feroz que bajaba de la cordillera y luego la caída del sol vertical y cálido, Maureen llegó a la granja de sus padres. Encontró a Othón recostado en la cama, sudando frío, poseso de la nada, obseso por una especie de ocio impreciso. Le mostró un ejemplar del periódico en donde venía el reportaje de su estancia de dos semanas en el monasterio de San Benito en Colorado. Se abrazaron. Ambos tenían deseos de verse, se alimentó entre ellos una necesidad de estar cerca uno del otro. No se habían dado cuenta de ello, hasta que se separaron pero más aún cuando se reencontraron. No eran para nada semejantes, ni en edad ni intereses, ni en actitud, ni en ideas, pero eran uno y otro juntos, brillantes, complementarios. Identificados, si acaso, en su desinterés por el sexo. Habían platicado sobre sus vidas durante los paseos en el jardín de la abadía. Él admiraba cómo una joven reportera había ido a asomarse a un espacio de meditación para extraer un relato. Lo que no sabía Othón era que la historia que contó para el diario bostoniano era su propia historia. Ni cuenta se dio, pensó que el retrato era de otro monje.

Maureen había pedido un permiso y vacaciones para poder atender a su amigo, un monje deseoso de salir del claustro donde… ¡nada más había permanecido durante veinte años! Él estaba dispuesto a todo menos a volver a atrás. Pero no había muchas opciones. Una noche que salieron a ver las estrellas en el infinito universo que se abría ante sus ojos, pensaron que lo mejor era volver. Y así lo hicieron. Como en la Epifanía de los Reyes Magos, una estrella les indicó el camino.

El síndrome de Sísifo

"Volver a dónde? Al monasterio benedictino imposible. A la Ciudad de México no tengo el menor interés, y sólo mi amigo Urbano que hoy ya tiene su propio negocio, según me he enterado. Tal vez el dueño de la librería. Cupertino está muerto. ¡Qué estúpido! Seguro se metió con un tipo que recogió en la calle, el cual, al sentirse sodomizado, lo acuchilló. Empezar de cero, sin dinero, sin ahorros, sin perspectivas, sin planes, casi sin esperanza. Veinte años de paz ha sido suficiente. Hoy parece que quiero reanudar mi martirio. Con la diferencia de que ahora cargo sesenta y tres años y no tengo un centavo".

Maureen le ayudaba a pensar. El monólogo interior de Othón era volver a lo mismo, a escalar como Sísifo la piedra y regresar por ella para cargarla de nuevo. No era nada optimista. Pensaron en Querétaro, pero ahí no tenía contactos ni amigos; había roto con todo, cada vez, intermitentemente, rompía con todo su entorno. Repasó en voz alta las circunstancias de sus reiteradas rupturas, sus renuncias interminables. Maureen lo escuchaba y acariciaba su cabeza. El banquero había dejado de autorizar cheques y créditos, el maestro había dejado de dar clases, el marido y padre había abandonado a su familia, el vendedor de electrodomésticos y autos había escapado sin decir nada, sin aviso, lo mismo el vendedor de discos y el monje. El patrón se repetía una y otra vez.

A Querétaro no podía regresar así como así. ¿A dónde? Sin dinero y sin amigos... De nuevo a cargar la piedra, llegar a la cima y dejarla caer, volver por ella, así hasta el fin de los tiempos.

A Maureen no se le ocurrían alternativas. De pronto a ella le vino una idea: echar mano de algunos de sus ahorros, vender unas dos o tres de las treinta vacas que tenían sus padres en la granja, con permiso de ellos que no se negarían… y viajar a México. Othón completó el plan: tomarían un autobús a Querétaro y verían qué se les podía ocurrir estando ahí. Pensó: "Lo que sea pero nunca volver al mismo camino de la montaña… He dejado muchas piedras en el ascenso y más aún en el descenso. ¿Con qué cara voy a llamar al viejo Emilio Nemer? ¿Cómo pedir una nueva oportunidad en la Universidad? Imposible rentar un espacio en el condominio que dejé con algunos muebles y un pago por dos meses que no ocupé". Pensar en todo esto lo agotó… pero tenía a Maureen que se había encargado de echarse en la espalda esta pesada piedra y acompañar a Othón en su nuevo intento de escalar la cuesta.

Algo dejó Maureen muy claro: ella volvería a Boston en dos meses. Le habían dado permiso para ausentarse del periódico pero su compromiso y su deseo eran regresar. Tenía la convicción de que el periodismo era su vida, su pasión. Desde el primer momento supo que Othón era asexuado, con tendencias a dejarse llevar, con la circunstancia de que a ella no le interesaban tampoco las relaciones íntimas, ni con hombres ni con mujeres. En eso habían coincidido en cuanto hablaron de sus vidas. El sentimiento de la periodista era un afectuoso y genuino deseo de apoyar al monje, quien se le cruzó en el camino. Nunca había conocido a alguien tan vulnerable, tan desvalido, a pesar de que Othón venía saliendo de una crisis de fe y había forjado una coraza moral y emocional con sus prácticas cotidianas de oración y contacto espiritual. En el fondo, y debajo de su frágil caparazón, había un hombre enfermo, atormentado, débil, continuamente deslizándose por una pendiente. Eso le provocaba a Maureen una delgada membrana de ternura ante la desesperanza del exmonje, una necesidad de ser solidaria. En breve tiempo acompañaría a su amigo en ese eterno camino de intentar llegar a lo alto, a vivir con este hombre desolado, a darle la mano y recorrer juntos la dolorosa experiencia del síndrome de Sísifo.

Momentánea tabla de salvación

Llegaron al aeropuerto de la capital mexicana y ahí mismo tomaron un autobús hacia la ciudad de Querétaro. Durante el viaje, Othón recibió una súbita iluminación: con el único que había mantenido un eventual intercambio epistolar era con su viejo conocido de los tiempos en que daba clases en la Universidad. Tenía presente a Elías Ortega, quien era un importante consultor de empresas en Querétaro. Maureen había logrado sacar una buena parte de sus ahorros y traían consigo esos recursos, más lo que les habían pagado por las tres vacas. Con ese dinero podrían tener un margen para estar unas semanas en un hotel modesto y comer dos alimentos diarios en lo que se definía la situación de Othón.

Llegando a la ciudad se hospedaron en un hotel céntrico. En los primeros días, y mientras hacía algunas llamadas, Othón llevó a Maureen a conocer algunos lugares; otros los conoció con ella, porque con su vida rutinaria no había podido recorrer los sitios de atractivo turístico de la ciudad. Ambos quedaron sorprendidos de parques y magníficas casonas, de la limpieza de la ciudad, lo apacible de sus habitantes. Maureen aprovechó para hacer algunas notas y, sin proponérselo, estaba haciendo un amplio reportaje sobre una ciudad colonial de tierra adentro del extenso territorio mexicano. Othón buscó afanosamente a su colega Elías Ortega hasta que dio con él.

—Elías, soy Othón Hoyos. ¿Me recuerdas?

—¿Othón Hoyos? —arrastró el nombre lo más que pudo. —No lo creo. No, no lo puedo creer. Si realmente eres Othón Hoyos necesito verlo con mis propios ojos.

—Tú me dices dónde y a qué hora nos vemos.

—En el café que está en Plaza de Armas; se llama 1810. No sé si te acuerdes. —Su voz temblaba.

—Sí, claro, lo acababan de abrir cuando me fui a vivir a la Ciudad de México.

—Mañana comemos, a las dos y media.

—Estoy con una amiga norteamericana, pero le aviso que haga algo mientras nos vemos. Necesito hablar contigo de negocios. — "¿Negocios?", pensó. "Pero si soy un pobre diablo".

—Ya quedamos, entonces. Qué sorpresa, Othón. Ya platicaremos. —Se hizo un largo silencio. —Mira… mejor nos vemos en mi oficina. Antes de ir a comer. Quiero mostrarte algo.

Se pusieron de acuerdo sobre la dirección del consultor. Othón le explicó a Maureen. La dejaría en un templo con una decoración barroca maravillosa para documentar su reportaje. Se verían en Plaza de Armas a las seis de la tarde.

Othón llegó puntual a la oficina del consultor empresarial, Elías Ortega. De lo que se enteraría después fue como comerse un sapo y dejarlo atorado en la garganta. Y nadie se explica aún lo que pasó, pero sucedió.

La noticia

ANCIANO SE QUITA LA VIDA EN UNA POSADA
(Josué Lemus, reportero)

Ayer al mediodía, el servicio del Médico Forense recogió el cadáver de un sexagenario que se quitó la vida abriéndose las venas de las muñecas y el cuello con un *cutter*. Este reportero pudo averiguar que el hombre se había registrado unas semanas antes en la Posada Calzada de Belén. Su comportamiento, dicen los testigos, había sido normal, salvo que pasaba mucho tiempo encerrado y sólo salía una vez al día a comer algo cerca del lugar pero regresaba pronto para encerrarse de nuevo. El suicidio fue muy espectacular y cruento. Su cuarto estaba en la planta alta, caminó desnudo por los pasillos y empezó a gritar: "éste es el eclipse definitivo", "ya no habrá más sufrimiento ni miseria", dicho lo anterior se degolló con un *cutter* y, a pesar de las heridas y los borbotones de sangre, alcanzó a caminar unos metros salpicando muros y pisos de la posada.

Los huéspedes entraron en pánico al observar los estertores del hombre que fueron espantosos. Se le hizo la necropsia correspondiente y se reveló que el sujeto, quien se registró en la posada con el nombre de Othón Hoyos, tenía en su sangre e intestinos grandes cantidades de alcohol y otras sustancias tóxicas. Su cuerpo no ha sido reclamado por lo que, si en cuatro días no aparecen sus deudos, se inhumará en la fosa común del panteón municipal.

Esta fue la nota de periódico que le mostró Elías Ortega al amigo a quien no veía desde hacía más de veinte años. Othón estaba sentado, porque si no, se hubiera ido de espaldas.

A la llegada a la oficina de su colega, con quien compartía su gusto por el cuarteto de Liverpool, el consultor le dio un fuerte abrazo. La razón era clara: lo daba por muerto. Othón se puso pálido y tartamudeó:

—¿Pe… pe… pero de qué se trata esta broma?

—No lo sé —dijo Elías. —Tampoco lo investigué. Lo que hice fue mandar a hacer una misa y saqué una esquela en el periódico, a nombre de los maestros de aquella generación a la que dimos clases.

—No puede ser, mi nombre no es común; mi apellido tampoco. Ese hombre me conoció, sabía que desde hacía años no se me veía y supuso que jamás iba a enterarme. Vaya, quiso que su muerte pasara desapercibida. No se me ocurre otra cosa.

—Bueno, bueno, lo mejor es que estás aquí. Luego investigamos qué fue lo que realmente sucedió. Ahora platícame sobre ti. Supe por las tres o cuatro cartas que me enviaste que estuviste en un convento.

—Monasterio —corrigió Othón.

—Platícame. —Su visita permanecía aún pasmado con la falsa noticia de su propia muerte.

Othón hizo un resumen de su vida desde que dejó las clases y renunció al banco. Elías dejó que terminara el relato. Se quedó pensativo, tomó su saco del perchero y le dijo a Othón:

—Vamos a comer, y en el trayecto me dices en qué te puedo apoyar.

Eso era lo que quería escuchar Othón. Pensaría bien qué apoyo pedirle, pero algo tenía que ofrecer, y eso era lo que no quería. Ya no deseaba un tropiezo más. Ya no pensaba en ninguna responsabilidad para luego abandonarla. "Pero tampoco me va a regalar nada. A este hombre apenas lo conozco y, si acaso, ha sido, junto con Urbano, el único ser humano con el que mantuve la mínima comunicación", reflexionaba, mientras el auto avanzaba sobre las calles de una ciudad que ya no conocía.

—Entonces, estimado Othón, ¿para qué soy bueno? —preguntó Elías mientras conducía.

Othón se quedó callado. No sabía qué tipo de apoyo pedir y no sería tan cínico de no ofrecer algo a cambio. Elías pensó que su silencio se debía al shock por haber leído esa nota tan extraña como misteriosa.

—Si quieres pensarlo bien, y me dices en la comida —dijo Elías convencido de que su conocido tardaría un poco en volver a la normalidad.

Entre ellos no había más que las pocas ocasiones que tomaron café juntos, las tres o cuatro cartas que mandó Othón del monasterio, pero un sentimiento de conmiseración había ablandado el corazón del consultor. El relato con tintes trágicos de su amigo era convincente, por lo cual estaría dispuesto a darle un apoyo económico, pero prefirió esperar a que se lo dijera el antiguo camarada de la docencia universitaria.

Los días con la reportera

Por lo pronto, pensó Othón no pedirle nada a Elías, pero mantuvo la suficiente comunicación con él. Mercado era un profesionista exitoso, cotizado por sus cabildeos con autoridades del sector público para promover desarrollos inmobiliarios. Era un hombre rico. Othón prefirió guardar esa carta para un momento oportuno. Su tabla de salvación le serviría cuando estuviera nadando después del naufragio. Mientras tanto, paseó con Maureen, la llevó a un pueblo cercano donde había muchos turistas norteamericanos. La periodista siguió tomando notas para su reportaje. Su sección de "Viajes y mundo desconocido" era muy leída en el diario *The Boston Globe*. Le cayó como anillo al dedo conocer estas ciudades coloniales. Sus lectores seguirían con enorme placer las descripciones de estos sitios de interés. Pero no cambiaban sus planes. Tenía comprado su boleto de avión para regresar a Boston.

Othón encontró un departamento en renta, para no variar en un tercer piso, y dio el depósito de dos meses con el dinero que llevaba Maureen. Le alcanzó para comprar un camastro, una parrilla eléctrica y un frigobar. No necesitaba más. Estaba consciente que, por ahora, no podía aspirar a más. Su fortuna había quedado con los monjes benedictinos y en esa comunidad había hecho su mayor inversión: una sensación de paz que le duró veinte años. Pudiendo tomar dinero de la administración del monasterio, no dispuso de un solo centavo. De eso se dieron cuenta el abad y sus colaboradores cuando recibieron el mensaje dejado en un limpia parabrisas de una vieja camioneta en el condado de Pitkin, Colorado. Cuando leyeron el mensaje, de inmediato tuvieron la sospecha de algún abuso que explicara la fuga del monje y administrador. Se dieron cuenta de que el honrado y responsable Othón no había tomado una sola moneda. Concluyeron que se había enamorado de la periodista con la que caminaba y conversaba a menudo. En su celda había dejado sólo un cuaderno de notas que archivaron de inmediato. Luego lo entregarían a Urbano Segura, quien años más tarde se presentó como amigo de Othón Hoyos Pimentel.

Mientras estuvieron en Querétaro, Othón aprovechó para disfrutar la ciudad. Se contuvo en expresar su gozo; en realidad el suyo era más bien un pensamiento de reposado contento. Pensó: "He sido un estúpido. ¿Cómo pude vivir aquí años y no darme cuenta de la belleza de este lugar? ¿Cómo puede un estado de ánimo apresarte de tal modo que te prive del contacto con tu entorno? No cabe duda… he sido un pendejo, he estado enfermo".

La información policiaca no era el fuerte de Maureen pero, al enterarse de la nota del periódico en el cual un tal Othón Hoyos se había quitado la vida degollándose, se propuso, junto al supuesto occiso, averiguar qué había sucedido esa mañana, cuando brotaron ríos de sangre de manera escandalosa en los pasillos de una posada más que modesta.

No obtuvieron respuestas claras ni explicaciones detalladas. Era un tema que se había convertido en tabú para la hospedería. A partir de la nota periodística, las solicitudes de ingreso se habían reducido notablemente. Desde entonces, tenían siempre cuartos vacíos y no faltó quien comentara que durante las noches se oían los gritos de "este es el eclipse definitivo".

Buscaron al reportero Josué Lemus en el diario que había publicado la noticia. Les costó trabajo encontrarlo. Tenía un rudo trabajo de día y por la noche escribía sus notas, que eran refritos de otros reporteros.

Sólo alcanzó a decir que los testigos de la escena del suicidio describieron al sujeto como un hombre regordete, con el pelo medio pintado de rubio, de tez muy blanca, con una enorme nariz roja, como fruto de tuna del mismo color. Se encontraron en su cuarto muchos dibujos obscenos y los muros pintados con excremento. Eso medio tranquilizó a Maureen y a Othón. Éste se relajó al asegurarse de que no era el hombre enloquecido de la noticia amarillista. Días después, en el ejercicio de su ocio repetido, dio con la identidad del hombre que, según su reflexión, "en un ataque de esquizofrenia y drogas se había ido de este mundo de manera tan inconveniente".

La abdicación definitiva

Llegó el día en que Maureen tuvo que regresar a su país. Había pasado días que no se imaginaba. La compañía de Othón le era muy agradable, no tanto por lo que decía sino por lo que no decía. Eran más sus silencios que sus palabras. No era su amigo un misántropo, era un hombre despojado de sentimientos, inexorable, que vivía por vivir, por no dejar de vivir. Recordó a un pensador que sostenía una tesis: la vida que no tiene sentido es una razón para vivir.

Con Othón, la periodista había aprendido mucho: de música, de la vida, de la negación misma de la vida, de los refugios elípticos de su amigo, de todo aquello que no se debe hacer para ser feliz. También aprendió que las ciudades coloniales de tierra adentro de México son unas joyas únicas, con un cielo azul como zafiro, luminosas, brillantes, con el sol pegando en los muros hasta darles un esplendor, un resplandor, una magia.

Se despidieron en la terminal de autobuses. Othón, fiel a su costumbre, no se angustió ni experimentó sentimiento alguno. Empezaba entonces a volver a su característico ritmo de baja intensidad, a esa ambigüedad que era parte esencial de su vida, parte de su piel, de su corazón hueco, de su mente en permanente conflicto.

Antes de irse, Maureen pagó las cinco semanas de hospedaje en el hotelito. Una parte de sus ahorros y las tres vacas vendidas habían alcanzado para cubrir hasta dos meses adelantados de renta y hacer unas compras para "equipar" el departamento en donde Othón reiniciaría una nueva vida. A los sesenta y tantos años y sus noventa kilos seguía siendo una especie de oso o, por su caminado con los pies abiertos… un pingüino. El hombre inspiraba más ternura que cualquier sentimiento contrario. Nadie pensaría, ni él mismo, que era un fracasado, aunque realmente no podía decirse que esa era la palabra correcta. Más bien era un viajero frecuente a las profundidades del alma, al pozo de las contradicciones entre las labores de la vida cotidiana y una especie de fantasma; esa pereza imponente que se aparecía de súbito y se le oponía como un obstáculo insuperable.

Se metió a su departamento y no quiso hacer un balance de su vida. No pensó en otra cosa más que en sobrevivir, aun en la precariedad de no tener trabajo ni ingresos. Entonces recordó a Elías, quien le dejaba recados a diario en el hotelito. Othón contestaba algunos. Un día se acordó de su amigo adinerado. Le pidió un préstamo. Elías le hizo un cheque, sabiendo que era un crédito a fondo perdido, dando por supuesto que su colega nunca pagaría esa deuda. Othón volvió, tropezando, al fondo del despeñadero, dejando toda clase de sentimientos en su vertiginoso descenso.

No quería irse pero se fue. En uno de sus viajes al mundo del "no" dejó unas notas manuscritas. Fueron como un testamento confuso, escrito con los puños cerrados, con el alma crispada, con el vacío que lo llenaba todo. Entre sus notas destacaba la deducción sobre el sujeto que se registró en la posada con su nombre. Se trataba de un pintor húngaro, Lazlo Lakatos, que estaba poseído por la suciedad. A cambio de una de sus obras llenas de faunos, machos cabríos, demonios y monstruos, el banquero Othón le había pagado con unos pesos. La obra la escondió, avergonzado, atrás de un armario de su departamento y, cuando los nuevos inquilinos la encontraron, decidieron quemarla. Del lienzo salieron enormes llamas, como si le hubieran puesto combustible. Sospecharon seriamente que un ser de otro mundo había emergido del cuadro.

Años más tarde, aprovechando que habían cobrado cierta celebridad el artista suicida y su obra nauseabunda, se abrió el cuarto, que había sido clausurado y se convirtió en un museo de sitio donde se exhibía la obra de un pintor excrementicio.

En otra nota dejó la dirección de Urbano, para que le fuera entregado su testamento. Antes de partir, Othón se había enterado de que su colaborador y amigo tenía su propia discoteca. Un día Urbano se trasladó a Colorado, y en el monasterio benedictino donde se identificó, le fue entregada una caja de caoba. Cuando la abrió, a la salida de la abadía, se percató de que, en su interior, descansaba en un cojín de seda la libélula de oro colmada de diamantes. También le fue entregado un húmedo atado de notas manuscritas, sin fechas, y muchas de ellas sin sentido.

Lo que pareció ser una broma de mal gusto, no fue así. Trabajó cuidadosamente en las anotaciones de Othón, hasta que tuvo un material listo para editarse con el nombre de *Memorias de un monje Benedictino*. Hasta la fecha no se conoce si Urbano intentó publicar las memorias completas. Lo que sí se supo es que los editores le daban múltiples razones para posponer su publicación, lo desdeñaban e ignoraban, hasta que un día se dio por vencido. Se conformaría con que recogiéramos algunas de sus notas para convertirlas en esta historia.

Urbano, el doctor Vidal, el licenciado Elías Ortega, Evelyn Carter y Sofía, su hija, fueron los únicos que estuvieron presentes en la capilla fúnebre, dos días después de que Othón Hoyos Pimentel sufriera una caída en las escaleras del modesto condominio donde vivía. Aunque algunas versiones coincidían en que resbaló, la policía llegó a sospechar que se había lanzado desde el tercer piso. Los pocos asistentes a su despedida coincidieron, sin hablarlo entre ellos, en que ésta había sido su última renuncia.